GRAN
ANGULAR

Campos de fresas

JORDI SIERRA I FABRA

sm

fundación sm

**La Fundación SM destina los beneficios
de las empresas SM a programas culturales
y educativos, con especial atención a los
colectivos más desfavorecidos.**

Si quieres saber más sobre los programas
de la Fundación SM, entra en
www.fundacion-sm.org

LITERATURA**SM**•COM

Primera edición: febrero de 1997
Quincuagésima novena edición: diciembre de 2019

Gerencia editorial: Gabriel Brandariz
Coordinación editorial: Berta Márquez
Coordinación gráfica: Lara Peces
Cubierta: Julián Muñoz

© Jordi Sierra i Fabra, 1997
   www.sierraifabra.com
© Ediciones SM, 2017
   Impresores, 2
   Parque Empresarial Prado del Espino
   28660 Boadilla del Monte (Madrid)
   www.grupo-sm.com

ISBN: 978-84-675-9394-5
Depósito legal: M-4786-2017
Impreso en la UE / *Printed in EU*

*A Montserrat Sendil,
compañera esencial y mágica
de tantas historias y aventuras literarias.*

Nada es real,
no hay nada por lo que preocuparse.
Campos de fresas para siempre.

Strawberry Fields Forever
JOHN LENNON

1 (6 HORAS, 39 MINUTOS)

Abrió los ojos cuando el primer zumbido del teléfono aún no había muerto y lo primero que encontró fueron los dígitos verdes de su radio despertador en la oscuridad de la noche.

Por ello supo que la llamada no podía ser buena.

Ninguna llamada telefónica lo es en la madrugada.

Alargó el brazo en el preciso momento en que sobrevenía el silencio entre el primer y el segundo zumbido, y tropezó con el vaso de agua depositado en la mesita de noche. Lo derribó. A su lado, su mujer también se agitó por el brusco despertar. Fue ella quien encendió la luz de su mesilla.

La mano del hombre se aferró al auricular del teléfono. Lo descolgó mientras se incorporaba un poco para hablar, y se lo llevó al oído. Su pregunta fue rápida, alarmada.

–¿Sí?

Escuchó una voz neutra, opaca. Una voz desconocida.

–¿El señor Salas?

–Soy yo.

–Verá, señor –la voz, de mujer, se tomó una especie de respiro. O más bien fue como si se dispusiera a tomar carrerilla–. Le llamo desde el Clínico. Me temo que ha sucedido algo delicado y necesitamos...

–¿Es mi hija? –preguntó automáticamente él.

Sintió cómo su mujer se aferraba a su brazo.

–Sí, señor Salas –continuó la voz, abierta y directamente–. La han traído en bastante mal estado y... bueno, aún es pronto para decir nada, ¿entiende? Sería necesario que viniese cuanto antes.

–Pero... ¿está bien? –la tensión le hizo atropellarse, la presión de la mano de su esposa le hizo daño, su cabeza entró en una espiral de miedos y angustias–. Quiero decir...

—Su hija ha tomado algún tipo de sustancia peligrosa, señor Salas. La han traído sus amigos y estamos haciendo todo lo posible por ella. Es cuanto puedo decirle. Confío en que cuando lleguen aquí tengamos mejores noticias que darle.

—Vamos inmediatamente.

—Hospital Clínico. Entren por urgencias.

—Gracias... Sí, claro, gracias...

Se quedó con el teléfono en la mano, sin darse cuenta de que su mujer ya estaba en pie. Después la miró.

—¿Un accidente de coche? —ella apenas si consiguió articular palabra.

—No, dicen que se ha... tomado algo —exhaló él.

La confusión se empezaba a reflejar en sus rostros.

—¿Qué? —fue lo único que logró decir su esposa entre las brumas de su nueva realidad.

2 (6 HORAS, 50 MINUTOS)

Cinta, Santi y Máximo no se movían desde hacía ya unos minutos. Era como si no se atrevieran. Solo de vez en cuando, los ojos de alguno de ellos se dirigían hacia la puerta, por la que había desaparecido el último de los médicos, o buscaban el apoyo de los demás, apoyo que era hurtado al instante, como si por alguna extraña razón no quisieran verse ni reconocerse.

—¿Por qué a mí no me ha pasado nada?

Había formulado la pregunta media docena de veces y, como las anteriores, Cinta no tuvo respuesta.

—Yo también estoy bien —dijo Máximo.

—Dejadlo, ¿vale? —pidió Santi.

—¿Qué vamos a...?

La pregunta de Cinta murió antes de formularla. Desde que había empezado todo, los nervios se mantenían a flor de piel, pero aún adormecidos, o mejor dicho atontados, a causa del estallido de la situación. Ahora empezaban a aflorar plenamente.

Fue Santi el primero en reaccionar, y lo hizo para sentarse al lado de ella. La rodeó con un brazo y la atrajo suavemente hacia sí. Después la besó en la frente.

Cinta se dejó arrastrar y apoyó la cabeza en él. Luego cerró los ojos.

Comenzó a llorar suavemente.

–Ha sido un accidente –suspiró Santi con un hilo de voz.

Máximo hundió su cabeza entre sus manos.

Cinta se desahogó solo unos segundos. Acabó mordiéndose el labio inferior. Sin desprenderse del amparo protector de Santi, pronunció el nombre que todos tenían en ese mismo instante en la mente.

–Deberíamos llamar a Eloy.

Se produjo un silencio expectante.

Nadie se movió.

–Y también a Loreto –terminó diciendo Cinta.

Santi suspiró.

Pero fue Máximo el que resumió la situación con un rotundo y expresivo:

–¡Joder!

3 (7 HORAS, 2 MINUTOS)

Lo despertó el timbre del teléfono y, al levantar la cabeza de la mesa, el cuello le envió una punzada de dolor al cerebro. La brusquedad del despertar fue paralela a ese dolor.

–¡Ay, ay! –se quejó, tratando de flexionar el cuello para liberarse del anquilosamiento.

Pero no lo logró; así que se levantó y fue hacia el teléfono moviéndose como un muñeco articulado que iniciase su andadura. No solo era el cuello, por haberse quedado dormido sobre la mesa, sino los músculos, agarrotados, y la sensación de mareo producto del súbito despertar, unido a la larga noche de estudio a base de cafés y colas.

En quienes primero pensó fue en Luciana, Cinta, Santi y Máximo.

Sus padres no podían ser. Nunca llamaban, y mucho menos a una hora como aquella. ¿Para qué? Así que solo podían ser ellos. Los muy...

Cogió el teléfono, pero antes de poder decir nada escuchó el zumbido de la línea al cortarse.

Encima.

Volvió a dejar el teléfono sobre la mesa y bufó lleno de cansancio. Esperó un par de segundos, luego se desperezó. Tenía la boca pastosa, los ojos espesos y la lengua pegada al paladar. Debía de haberse quedado dormido aproximadamente hacía tres horas. Las primeras luces del amanecer asomaban ya al otro lado de la ventana.

Miró los libros.

Él estudiando y los demás de marcha. Genial.

Claro que a Máximo le importaban un pito los estudios, y Santi ya había dejado de darle al callo. Pero en cambio, Luciana y Cinta...

El teléfono no volvía a sonar, así que se apartó de él y fue al cuarto de baño para lavarse la cara.

Aún tenía todo el sábado y todo el domingo por delante antes del dichoso examen del lunes. Sus padres habían hecho bien yéndose de fin de semana. Y él había hecho bien negándose a escuchar los cantos de sirenas de los otros para que saliera el viernes por la noche.

A pesar de lo mucho que deseaba estar con Luciana.

La llamada se repitió cuando se echaba agua a la cara por segunda vez.

Cogió la toalla y se secó mientras se dirigía hacia el teléfono. En esta ocasión se dejó caer en una butaca antes de atender la llamada.

—Sección de Voluntarios Estudiosos y Futuros Empresarios —anunció—. ¿Qué clase de zángano y parásito nocturno osa?

Nadie le rio la broma al otro lado.

—Eloy —escuchó la voz de Máximo.

Una voz nada alegre.

—¿Qué pasa? —frunció el ceño instintivamente.

—Oye, antes de que esto pueda cortarse de nuevo... Estamos en... bueno... Es que...

—¡Díselo! —escuchó claramente la voz de Cinta por el hilo telefónico.

—Máximo, ¿qué ha ocurrido? —gritó alarmado Eloy.

—Luci se tomó una pastilla y le ha sentado mal.

—¿Una...? —se despejó de golpe—. ¡Mierda! ¿Qué clase de pastilla?

La pausa fue muy breve.

—Éxtasis.

Fue un mazazo. Una conmoción.

¿Luciana? ¿Un éxtasis? Aquello no tenía sentido. Estaba en medio de una pesadilla.

—¿Qué le ha pasado? ¿Dónde estáis?

—En el Clínico. La hemos traído porque... bueno, no sabemos qué le ha pasado, pero se ha puesto muy mal de pronto y...

—Deberías venir, Eloy —escuchó de nuevo la voz de la mejor amiga de Luciana por el auricular.

—Los médicos están con ella —continuó Máximo—. Pensamos que deberías saberlo y estar aquí.

Se puso en pie.

—Salgo ahora mismo —fue lo último que dijo antes de colgar.

4 (7 HORAS, 10 MINUTOS)

A pesar de que el sol acababa de despuntar más allá de la ciudad, la mujer ya estaba en pie, como cada mañana, por costumbre. Estaba cerca del teléfono, en la cocina, preparándose su primer café. Por eso pudo cogerlo antes de que su zumbido despertara a todos los demás.

No le gustaban las llamadas intempestivas. La última había sido para decirle lo de su madre.

—¿Sí? —contuvo la respiración.

—¿Señora Sanz?

—¿Quién llama?

—Soy Cinta, la amiga de Loreto.

—¿Cinta? Pero, hija, ¿sabes qué hora es?

—Es que ha pasado algo y creo que Loreto debería saberlo.

—Está dormida.

—Es algo... importante, señora.

—Será todo lo importante que tú quieras, pero en su estado no pienso robarle ni un minuto de sueño. Dime lo que sea, y cuando se despierte se lo digo.

Hubo una pausa al otro lado del hilo telefónico.

—Es que... —vaciló Cinta.

—¿Qué ha sucedido?

—Se trata de Luciana —suspiró finalmente Cinta—. Estamos en el hospital, en el Clínico.

—¡Dios mío! ¿Un accidente?

–No, no, señora. Que le ha sentado mal algo.

–¿Y quieres que Loreto vaya ahí tal y como está ella?

–Yo solo he pensado que tenía que saberlo.

–¿Qué es lo que ha tomado?

–Una... pastilla.

–¿Drogas?

–No exactamente, bueno... no sabría decirle –se la notaba nerviosa y con ganas de terminar cuanto antes–. ¿Le dirá lo que ha sucedido cuando despierte?

–Sí, claro –la mujer cerró los ojos.

–¿Cómo está ella?

–Lleva un par de días mejor.

–¿Come?

–Lo intenta.

–Está bien. Gracias, señora Sanz –se despidió Cinta.

Colgó, dejando a la madre de Loreto todavía con el teléfono en la mano.

5 (7 HORAS, 19 MINUTOS)

La primera en entrar en la sala de espera fue Norma, la hermana pequeña de Luciana. Después lo hicieron ellos, los padres. El padre sujetaba a la madre, que apenas si se sostenía en sus brazos. Las miradas de los recién llegados convergieron en las de los amigos de Luciana. Cinta se puso en pie. Santi y Máximo, no. Los ojos del hombre tenían un halo de marcada dureza. Los de su esposa, en cambio, naufragaban en la impotencia y el desconcierto. La cara de Norma era una máscara inexpresiva.

–¿Cómo está? –quiso saber Cinta.

El padre de Luciana se detuvo en medio de la sala, abarcándolos con su mirada llena de aristas. Vieron en ella muchas preguntas, y leyeron aún más sentimientos: ira, rabia, frustración, dolor.

Cinta tuvo un estremecimiento.

–¿Qué ha pasado? –la voz de Luis Salas sonó como un flagelo.

–Nada, estábamos...

–¿Qué ha pasado? –repitió la pregunta con mayor dureza.

Santi se puso en pie para coger a Cinta.

–Tomamos pastillas y a ella le han sentado mal, eso es todo –tuvo el valor de decir.

–¿Qué clase de pastillas?

–Bueno, ya se lo hemos dicho al médico...

–¡Mierda! ¿Estáis locos o qué?

La madre de Luciana rompió a llorar más desconsoladamente aún por la explosión de furia de su marido. Incluso Norma pareció despertar con ella. Se acercó a su madre buscando su protección. Sin dejar de llorar, la mujer abandonó el regazo protector de su marido para abrazar a su hija pequeña.

Luis Salas se quedó solo frente a ellos tres.

Cinta tenía los ojos desorbitados.

–¿Cómo... está? –preguntó por segunda vez.

La respuesta los alcanzó de lleno, hiriéndolos en lo más profundo.

–Está en coma –dijo el hombre, primero despacio, para añadir después con mayor desesperación, con los puños apretados–: ¡Está en coma! ¿Sabéis? ¡Luciana está en coma!

6 (7 HORAS, 25 MINUTOS)

El exterior del *after hour* era un hervidero de chicos y chicas no precisamente dispuestos a disfrutar de los primeros rayos del recién nacido sol de la mañana. Unos hablaban, excitados, tomándose un respiro para seguir bailando. Otros descansaban, agotados aunque no rendidos. Algunos seguían bebiendo de sus botellas, básicamente agua. Y los menos echaban una cabezada en los coches ubicados en el amplio aparcamiento. Pero la mayoría reían y planeaban la continuidad de la fiesta, allí o en cualquier otra parte. Cerca de la puerta del local, la música atronaba el espacio con su machacona insistencia, puro ritmo, sin melodías ni suavidades que nadie quería.

El único que parecía no participar de la esencia de todo aquello era él.

Se movía entre los chicos y las chicas, la mayoría muy jóvenes, casi adolescentes. Y lo hacía con meticulosa cautela, igual que un pescador entre un banco de peces, solo que él no tenía que extender la mano para atrapar a ninguno. Eran los peces los que le buscaban si querían.

Como aquella muñeca pelirroja.

–¡Eh! Tú eres Poli, ¿verdad?

–Podría ser.

–¿Aún te queda algo?

–El almacén de Poli siempre está lleno.

–¿Cuánto?

–Quince.

–¡Joder! ¿No eran doce?

–¿Quieres algo bueno o simplemente una aspirina?

La pelirroja sacó el dinero del bolsillo de su pantalón verde chillón. Parecía imposible que allí dentro cupiera algo más, por lo ajustado que le quedaba. Poli la contempló. Diecisiete, tal vez dieciocho años, aunque con lo que se maquillaban y lo bien alimentadas que estaban, igual podía tener dieciséis. Era atractiva y exuberante.

–Con esto te mantienes en pie veinticuatro horas más, ya verás. No hace falta que te tomes dos o tres.

Le tendió una pastilla blanca, redonda, con una media luna dibujada en su superficie. Ella la cogió y él recibió su dinero. Ya no hablaron más. La vio alejarse en dirección a ninguna parte, hasta que la perdió de vista entre la marea humana.

Siguió su camino.

Apenas una decena de metros.

–¡Poli!

Giró la cabeza y le reconoció. Se llamaba Néstor y no era un cliente, sino un excamello. Se había ligado a una cuarentona con pasta. Suerte. Dejó que se le acercara, curioso.

–Néstor, ¿cómo te va?

–Bien. Oye, ¿el Pandora's sigue siendo zona tuya?

–Sí.

–¿Estuviste anoche vendiendo allí?

–Sí.

–Pues alguien tuvo una subida de calor. Yo me andaría con ojo.

–¿Qué?

–Mario vio la movida. Una cría. Se la llevaron en una ambulancia.

Poli frunció el ceño.

–Vaya –suspiró.

–Ya sabes cómo son estas cosas. Como pase algo, habrá un buen marrón. ¿Qué vendías?

–Lo de siempre.

–Ya, pero ¿era éxtasis...?

–Oye, yo vendo, no fabrico. Hay lo que hay, y punto. Por mí, como si se llama Margarita.

–Bueno –Néstor se encogió de hombros–. Yo te he avisado y ya está. Ahora, allá tú.

–Te lo agradezco, en serio.

–Chao, tío.

Se alejó de él dejándole solo.

Realmente solo por primera vez en toda la noche.

7 (7 HORAS, 37 MINUTOS)

Norma vio cómo sus padres salían de la habitación en la que acababan de instalar a Luciana, reclamados de nuevo por los médicos que la atendían, y se quedó sola con ella.

Entonces, casi sintió miedo al mirarla.

Tenía agujas clavadas en un brazo, por las que probablemente recibía el suero, un pequeño artilugio fijado en un hombro y conectado a sondas y aparatos que desconocía; un tubo enorme, de unos tres centímetros de diámetro, de color blanco y amarillo, parecía ser el nuevo cordón umbilical de su vida. De él partía un derivado que entraba en su boca, abierta. Otro, sellado con cinta a su nariz, se incrustaba en el orificio de la derecha. Por la parte de abajo de la cama asomaba una bolsa de plástico, donde irían los orines cuando se produjeran. Y desde luego, no parecía dormir. Con la boca abierta y los ojos cerrados, embutida en aquella parafernalia de aparatos, más bien se le antojó un conejillo de Indias, o alguien a las puertas de la muerte.

Y era aterrador.

Tuvo una extraña sensación, ajena a la realidad primordial.

Una sensación egoísta, propia, mezcla de rabia y desesperación. Lo que tenía ante sus ojos, además de una hermana en coma y, por tanto, moribunda, era el fin de muchos de sus sueños, y especialmente de sus ansias de libertad.

Ahora, a ella ya no la dejarían salir, ni de noche ni tal vez de día. Y tanto si Luciana moría como si seguía en coma mucho tiempo, sus padres se convertirían en la imagen de la ansiedad, convertirían su casa en una cárcel.

Siempre había ido a remolque de Luciana. Total, por tres años de diferencia...

Ella aún tenía que volver a casa a unas horas concretas, y no podía salir de noche, ni mucho menos regresar al amanecer y pasar la noche fuera de casa aunque se tratara de algo especial, como una verbena.

Ella aún estaba atada a la maldita adolescencia. También Luciana, claro, pero su hermana mayor se había ganado finalmente sus primeras y decisivas cuotas de libertad. Luciana ya estaba dejando atrás la adolescencia.

¿Por qué había tenido que pasar aquello?

Los padres de Ernesto, un compañero del colegio, habían perdido a un hijo en un accidente, y se volcaron tanto en su otro hijo que lo tenían amargado. Eso era lo que le esperaba a ella si...

De pronto sintió vergüenza.

Su mente se quedó en blanco.

Bajó la cabeza.

¿Qué estaba pasando? ¿Era posible que con su hermana allí, en coma, ella pensara tan solo en sí misma, en sus ansias de vivir y de ser libre para abrir las alas? ¿Era posible que aún no hubiera derramado una sola lágrima por Luciana?

Se sintió tan culpable que entonces sí, algo se rompió en su interior.

Y empezó a llorar.

Luciana podía morir, esa era la realidad. O permanecer en aquel estado el resto de su vida, y también era la misma realidad. Un coma era como la muerte, aunque con una posibilidad de despertar, en unas horas o unos días. Una posibilidad. Ni siquiera sabía si su hermana era consciente de algo, de su estado, de su simple presencia allí.

Le cogió una mano, instintivamente.

–Luciana... –musitó.

8 (7 HORAS, 40 MINUTOS)

No llores, Norma.

No llores, por favor.

Ayúdame.

Os necesito fuertes a todos, así que no llores.

Puedo verte, ¿sabes, Norma? No sé cómo, porque sé que tengo los ojos cerrados, pero puedo verte. Sé que estás ahí, a mi lado, y que llevas tu blusa amarilla y los vaqueros nuevos, ¿verdad?

¿Lo ves?

Y, sin embargo, aquí dentro está tan oscuro...

Es una extraña sensación, hermana. Es como si flotase en ninguna parte; mejor dicho, es como si mi cuerpo estuviese fuera de toda sensación, porque no siento nada, ni frío ni calor, tampoco siento dolor. Es un lugar agradable. Bueno, lo sería si no estuviese tan oscuro. Me gustaría ver, abrir los ojos y mirar. Hay algo que me recuerda la placenta de mamá. Sí, antes de nacer. Recuerdo la placenta de mamá porque era cálida y confortable.

¿Y cómo puedo recordar eso?

No, allí no tenía miedo, había paz. Aquí, en cambio, tengo miedo, a pesar de que siento algo de esa misma paz. La siento porque estoy a sus puertas. Puedo dar un paso y olvidarme de todo para siempre.

Un simple paso. Pero no puedo moverme.

Norma, Norma, ¿y los demás?

¿Están bien?

¿Y Eloy?

Oh, Dios, daría mi último aliento por tenerlo aquí, a mi lado, y sentir su mano como siento la tuya, hermana.

Tu mano.

Eloy.

Me siento tan sola...

9 (7 HORAS, 47 MINUTOS)

En el despacho del doctor Pons había únicamente dos sillas, así que, mientras esperaban, el médico entró en un pequeño cuarto de baño y regresó con un taburete que colocó en medio de ellas. Cinta y Santi ocuparon las sillas. Máximo, el taburete.

El médico rodeó de nuevo su mesa para ocupar su butaca. Desde ella los observó.

Cinta era de estatura media, tirando a baja, adolescentemente atractiva con la ropa que llevaba, pero también juvenilmente sexy: cabello largo, ojos grandes, labios pequeños, cuerpo en plena explosión. Santi y Máximo, en cambio, eran el día y la noche. El primero llevaba el cabello corto y tenía la cara llena de espinillas, como si en lugar de piel tuviera un sembrado. El segundo mostraba una densa cabellera rizada, como si de la cabeza le nacieran dos o tres mil tirabuzones de color negro que luego le caían en desorden por todas partes.

Unió sus manos, entrelazando los dedos, y se acodó en su mesa. Luego empezó a hablar, despacio, sin que en su voz se notaran reconvenciones o dureza. Era médico. Solo médico.

Y había una vida en juego.

—Ahora que vuestra amiga al menos está estabilizada, es hora de que retomemos la conversación.

—Ya le dijimos todo...

—Oídme, ¿queréis ayudarla o no?

—Sí —contestó Cinta rápidamente.

Los otros dos asintieron con la cabeza.

—¿Quién más tomó pastillas?

—Yo —volvió a hablar Cinta.

Miró a Santi y a Máximo.

—Todos tomasteis, ¿no? —preguntó el doctor.

—Sí.

—¿Éxtasis?

—Sí.

—¿Cómo sabéis que era éxtasis?

—Bueno... —vaciló Máximo—. Se supone que...

—¿Soléis tomarlo a menudo?

—No —dijeron al unísono los dos chicos.

Probablemente demasiado rápido, aunque...

—¿Qué efecto os causó? —continuó el interrogatorio.

—Era como... si tuviera un millón de hormigas dentro —dijo de nuevo Cinta, dispuesta a hablar—. Mi cuerpo era una máquina, capaz de todo. Un estado de exaltación total.

—Yo quería a todo el mundo —reconoció Máximo—. Un rollo estupendo. Me dio por reírme sin parar.

–Sí, eso –convino Santi–. Era como estar... muy arriba, no sé si me entiende. Arriba y muy fuerte.

–¿Y ahora?

No hizo falta que respondieran. El bajón ya era evidente. Fueran o no habituales, podían tener náuseas, cefaleas, dolor en las articulaciones...

–¿Qué le pasó exactamente a Luciana?

–Empezó a subirle la temperatura del cuerpo.

–No –Santi detuvo a Cinta–. Primero se mareó, y luego vino lo de los calambres musculares.

–Fue todo junto –apuntó Máximo–. Yo me asusté cuando vi que dejaba de sudar. Entonces comprendí que le venía un golpe de calor.

–¿Así que sabéis lo que es eso?

–Sí.

–Y aun así, ¿os arriesgáis?

Era una pregunta estúpida, improcedente. Lo comprendió al instante. Miles de chicos y chicas lo sabían y, sin embargo, todas las semanas se jugaban la vida tomando drogas de diseño. Después de todo, solo alguien moría de vez en cuando.

Solo.

–¿Qué pasó después? –siguió el doctor Pons.

–Lo que le hemos contado –dijo Cinta–. Empezó con las convulsiones, el corazón se le disparó y...

–¿Tenéis aquí una pastilla de esas?

–No.

Suspiró con fuerza. Hubiera sido demasiada suerte. Con una pastilla, al menos sabría qué llevaba Luciana en el cuerpo. Un análisis de sangre no bastaba. Había que analizar el producto.

Ni siquiera sabían contra lo que luchaban.

–A nosotros no nos hizo nada –manifestó Santi–. ¿Por qué sí a ella?

–Eso no se sabe, por esa razón es tan peligroso. Os venden química pura adulterada con yeso, ralladura de ladrillos y otras sustancias empleadas en la construcción, como el *aquaplast*, e incluso venenos como la estricnina. A veces son más benévolos y simplemente se trata de un comprimido de paracetamol, que no es más que un analgésico. Pero de lo que se trata es de que, luego, cada cuerpo reacciona de una forma distinta. De hecho, no hay nada, ninguna sustancia, capaz de provocar una reacción como lo que le ha sucedido a Luciana, un coma en menos de cuatro horas; pero si alguien sufre del corazón, tiene asma, diabetes, tensión arterial alta, epilepsia o alguna enfermedad mental o cardiaca, que a veces incluso se ignora, al ser jóvenes y no estar detectada, la reacción es imprevisible. Incluso beber agua en exceso, pese a que os recomiendan beber un poco cada hora, puede llevar a esa reacción. En una palabra: el detonante lo pone la persona.

Dejó de hablar. Los tres le habían escuchado con atención. Pero el resultado era el mismo. Cerca de allí, una chica de dieciocho años se debatía entre la vida y la muerte, al filo de ambos mundos, perdida, tal vez eternamente, en una dimensión desconocida. Quizá por ello esperaba la última pregunta.

La formuló Cinta.

–Se pondrá bien, ¿verdad, doctor?

Y no tenía ninguna respuesta para ella. Ni siquiera un mínimo de optimismo en que basarse.

10 (7 HORAS, 55 MINUTOS)

Al salir del despacho del doctor Pons, se quedaron unos segundos sin saber qué hacer o adónde ir. Luego, de común acuerdo, aunque sin mediar palabra, dirigieron sus pasos hacia la salita en la que habían esperado las noticias acerca del estado de Luciana.

No sabían a ciencia cierta por qué seguían allí, pero lo cierto es que no se les pasó por la cabeza marcharse. Era como si ya formaran parte del hospital, o del destino de su amiga.

Vacilaron al ver que en la sala había otras dos personas esperando también noticias de otros enfermos. Entonces fue cuando vieron aparecer a Eloy; venía corriendo, congestionado aún por la prisa que se había dado en llegar desde su casa a aquella hora.

Máximo llenó sus pulmones de aire. Santi se quedó quieto. Cinta fue la única en reaccionar yendo, directamente, al encuentro del recién llegado para abrazarse a él.

Volvió a llorar.

–¿Qué... ha pasado? –preguntó Eloy, alarmado.

Cinta no podía hablar. Fue Santi quien lo hizo.

–Está en coma.

−¿Qué? −Eloy se puso pálido.

−Ha sido una putada, tío −manifestó Máximo.

−Pero... ¿cuánto tiempo...?

−Está en coma −repitió Santi−. ¡Jo, tú, ya sabes!, ¿no?

La idea penetró muy despacio en su mente. Fue como si se diera cuenta de que Cinta estaba allí, entre sus brazos. La apretó con fuerza, para no sentirse solo ni tan impotente como se sentía en ese instante.

−¿Qué dicen los médicos? −logró romper el nudo formado en su garganta.

−Que hay que esperar. Las cuarenta y ocho horas siguientes son decisivas −le respondió Santi.

Eloy apretó las mandíbulas.

−¿Qué mierdas habéis tomado? −alzó la voz de pronto.

No hubo una respuesta inmediata. Fueron los ojos de Eloy los que actuaron de sacacorchos.

−Nada, tío, solo un estimulante −pareció defenderse Máximo.

−¿Para qué? ¡Mierda! ¿Para qué?

−Oye, si hubieras estado allí, tú también lo habrías hecho, ¿vale?

−¿Yo? ¡Si ni siquiera fumo!

−¿Qué tiene que ver esto con el tabaco? Lo tomamos para ver qué pasaba y estar en forma y no cansarnos y...

−¡Y para ver qué pasaba, coño! −acabó Santi la frase de Máximo.

−Por favor... no os peleéis... por favor −suplicó Cinta.

−Yo no habría tomado nada −insistió mirándola−. Ni le habría dejado a ella. ¿Lo habéis hecho por eso, porque no estaba yo?

−Ha sido una casualidad −Santi dejó caer la cabeza, abatido.

−¡Y una mierda! −gritó Eloy.

−Estábamos con Ana y Paco, bailando, y entonces... −Cinta volvió a verse dominada por la emoción. Las lágrimas le impidieron continuar hablando. Se abrazó de nuevo con fuerza a Eloy y balbuceó un desesperado−: Lo siento... Lo siento... Lo siento...

Ya no encontró ninguna simpatía ni consuelo en él. La apartó bruscamente de su lado.

−¡Idos a la mierda! −exclamó el muchacho−. ¡Parecéis críos de...!

No terminó la frase. Giró sobre sus talones y los dejó allí, quietos, inmóviles, tan perdidos como lo estaban ya antes de su llegada, pero ahora mucho más vulnerables por la condición de culpables ante sus ojos.

11 (8 HORAS)

Se tropezó con Norma inesperadamente, mientras se sentía como un león enjaulado en mitad del laberinto de pasillos y salas, sin saber qué más hacer para conseguir abrir una brecha en el sistema. Los dos se reconocieron en mitad de la nada, envueltos en su soledad.

–¡Eloy!

La hermana de Luciana se le echó a los brazos. Por primera vez desde que la conocía, y pronto haría dos años, él no la rehuyó, al contrario: la abrazó y le dio un beso en la cabeza, en su espesa mata de pelo. Norma temblaba.

Y él esperó, cauteloso, aunque en aquel momento sabía que se necesitaban.

Ya no tenía nada que ver el hecho de que tal vez ella, como a veces les sucedía a las hermanas menores, estuviera enamorada de él.

–Me han dicho que está... en coma –murmuró casi un minuto después.

Norma no se separó de su abrazo.

–Tengo miedo –reconoció.

–No me han dejado verla –dijo Eloy–. Llevo la tira pidiendo...

Esta vez, sí. La chica se apartó para mirarle a los ojos. Luego, lo tomó de la mano.

–Ven –se limitó a decir.

La siguió. Era un contacto dulce y, en el fondo, una mano amiga. La primera en aquel mundo hostil. ¡Norma y Luciana se parecían tanto! De hecho, viendo a Norma, recordaba cómo y cuándo se había enamorado de Luciana. En aquel tiempo, sin embargo, Luciana se acababa de convertir en una mujer.

El trayecto apenas duró veinte segundos. Norma se detuvo en una puerta. Sin soltarle la mano la traspuso, empleando la otra para abrirla. Los dos se encontraron dentro con los padres de las dos hermanas.

Pero Eloy apenas si reparó en ellos.

La imagen de Luciana, inmóvil, con los ojos cerrados, la boca abierta y las agujas y los tubos entrando y saliendo de ella, le atravesó la mente.

–Hijo... –suspiró con emoción la mujer, levantándose.

–Me quedé a estudiar... Lo siento, ¡lo siento! –apenas logró articular palabra, aunque no pudo dejar de mirar a la persona que más amaba en el mundo.

12 (8 HORAS, 3 MINUTOS)

¿Eloy?

¡Oh!, Dios... ¿Eres tú, Eloy?

¿Estoy soñando? No, no es un sueño. Eres tú.

Reconozco tu voz, y huelo tu perfume, y... sí, también puedo verte, al lado de Norma. Y ahora mamá, que te da un beso mientras papá sigue abatido, ahí, junto a la ventana.

Has llegado. Sabía que lo harías, pero como aquí el tiempo no existe, no sabía cuándo sería posible verte. ¡Ahora, sin embargo, me alegra tanto tenerte a mi lado!

Aunque lamento mi aspecto.

Estoy horrible, ¿verdad?

Y pensar que lo último que te dije fue...

Te quiero. No hablaba en serio, ¿sabes? ¡Qué estúpida fui! En realidad... no sé, estaba jugando, ya sabes tú. Creo que me asustaba atarme. Se dicen tantas tonterías acerca del primer amor: que si se empieza pronto luego se estropea enseguida, que es mejor vivir primero y después...

No quiero perderte, Eloy.

Ni quiero perderme yo.

¿Por qué no me coges de la mano?

Por favor...

¿Has estudiado mucho? Supongo que sí, toda la noche. Menudo eres. Y terco. Y ahora esto, ¡menudo palo! Si el lunes suspendes el examen, encima será culpa mía. Me sabe mal, cariño, pero te juro que yo no quería acabar así. Lo único que deseaba era pasar una noche loca, emborracharme de música, olvidar, volar. Lo deseaba más que nunca.

Aunque te echaba de menos.

Me crees, ¿verdad?

Claro. Estás aquí. De lo contrario, no habrías venido.

Cógeme de la mano.

Vamos, cógeme de la mano.

Así...

Gracias.
Ahora ya no me importan el silencio ni la oscuridad.
Ahora...

13 (8 HORAS, 7 MINUTOS)

–¿Sois los que estabais con Luciana Salas?

Lo miraron los tres, sorprendidos. Era como si hubiera aparecido allí de improviso, materializándose en su presencia.

–Sí –reconoció Máximo.

–Inspector Espinós –se presentó el hombre–. Vicente Espinós.

–¿Policía? –se extrañó Santi.

–¿Qué creéis? –hizo un gesto explícito–. Se trata de un delito, ¿no os parece?

Cinta estaba pálida.

–Nosotros no hemos hecho nada –se defendió.

El hombre no respondió.

–¿Quién os dio esa pastilla? –preguntó sin ambages.

Los tres se miraron, inseguros, acobardados, indecisos. El policía no les dejó reaccionar. Su voz se hizo un poco más ruda. Solo un poco. Nada más.

Suficiente.

–Oídme: cuanto antes me lo contéis, antes podré hacer algo. Puede que os vendieran cualquier cosa adulterada, ¿entendéis? El que esta noche no acabe nadie más como vuestra amiga depende de lo que ahora hagamos. Es más: si conseguimos una pastilla igual a la que se tomó ella, es probable que la ayudemos a recuperarse.

–No lo conocíamos –dijo Cinta.

–¿Qué aspecto tenía?

–Pues... no sé –miró a Santi y a Máximo en busca de ayuda.

–Era un hombre de unos treinta años, puede que menos, no tengo buen ojo para eso –se adelantó Máximo–. Me pareció normal, vulgar. Todo fue muy rápido, y estaba oscuro.

–Era la primera vez... –trató de intercalar Santi.

–¿Alguna seña, color de ojos, de cabello, un tatuaje?

–Bajo, cabello negro y corto, vestía traje oscuro. Me chocó porque hacía calor.

–Nariz aguileña –recordó Santi.

–¿Algún nombre?

–No.

–¿Cuánto os costó lo que comprasteis?

–Doce cada uno. Pedía quince, pero al comprar varias...

–¿Tomasteis todos?

–Oiga... –se incomodó Máximo.

–¿Se lo pregunto a vuestros padres?

–Tomamos todos –dijo Cinta.

–¿Cómo eran las pastillas?

–Blancas, redondas, pequeñas, ¿cómo quiere que...?

–Tenían una media luna grabada –manifestó Santi sabiendo a qué se refería el inspector.

El hombre puso cara de fastidio.

–¿Una media luna?

–Sí.

Chasqueó la lengua con mal contenida furia.

–¿Qué pasa? –quiso saber Máximo.

–Nada que os importe –se apartó de ellos pensativo antes de agregar–: ¿Dónde fue?

–En el Pandora's.

–Bien –suspiró–. Dejadme vuestros teléfonos y direcciones, y si recordáis algo más, cualquier cosa, llamadme –les tendió una tarjeta a cada uno–. A cualquier hora, ¿de acuerdo?

No esperó su respuesta y se alejó de ellos caminando con el paso muy vivo.

14 (8 HORAS, 12 MINUTOS)

Volvieron a tropezarse con Eloy frente a la puerta de urgencias. Salía de la zona de las habitaciones, allá donde ellos no habían conseguido entrar, y pudieron percibir claramente las huellas del llanto en sus ojos. Tenía las mandíbulas apretadas.

–¿La has visto? –se interesó Cinta.

–Sí.

Iba a preguntar algo más, pero no lo hizo al ver la cara de su amigo. Por el contrario, fue él quien formuló la siguiente pregunta.

–¿Habéis llamado a Loreto?

–Sí.

–¿Qué ha dicho?

–Hemos hablado con su madre. No ha querido despertarla. Solo le faltaba esto, tal y como está ella.

–¿Tenéis alguna píldora más de esas? –preguntó de pronto Eloy.

–No.

–Los médicos no saben qué había en ella, cuál era su composición. Si pudiéramos conseguir una, tal vez...

–Sí, ya lo sabemos –asintió Santi.

–¿De veras crees que una pastilla ayudaría a...? –apuntó Cinta.

–No lo sé, pero se podría intentar, ¿no?

No ocultó su impotencia llena de rabia. Frente al abatimiento y la desesperanza de Cinta, Santi y Máximo, todo en él era puro nervio, una ansiedad mal medida y peor controlada.

–¿Adónde ibais? –les preguntó de nuevo.

–A casa, a dormir un poco –suspiró Cinta.

Eloy no la miró a ella, sino a Máximo.

–¿Os vais a dormir? –espetó.

–¿Qué quieres que hagamos?

–¿Ella está muriéndose y vosotros os vais a dormir tan tranquilos? –insistió él.

–¡Estamos agotados, tío! –protestó Máximo.

Parecía no podérselo creer.

–¿Te pasas los fines de semana enteros bailando, de viernes a domingo, sin parar, y ahora me vienes con que estás agotado un sábado por la mañana? –levantó la voz, preso de su furia.

–Ya vale, Eloy –trató de calmarlo Santi.

–Todos estamos...

Nadie hizo caso ahora a Cinta.

Eloy seguía dirigiéndose a Máximo.

–Fuiste tú quien compró esa mierda, ¿verdad?

–Oye, ¿de qué vas?

–¡Fuiste tú!

–Y qué si fui yo, ¿eh? –acabó disparándose Máximo–. ¿Qué pasa contigo, tío?

–¡Maldito cabrón!

Se le echó encima, pero Santi estaba alerta y era más fuerte que él. Lo detuvo y lo obligó a retroceder, mientras Cinta se ponía también en medio, de nuevo llorosa y al borde de un ataque de nervios.

–¡Por favor, no os peleéis! ¡Por favor! –gritó la muchacha.

–Vamos, Eloy, cálmate –pidió Santi–. No ha sido culpa de nadie. Y tampoco ha sido culpa suya. Fue Raúl el que trajo al tipo y el que...

–¿Estaba ahí ese imbécil? –abrió los ojos Eloy.

–Sí –reconoció Santi.

La presión cedió, los músculos de Eloy dejaron de empujar y Santi relajó los suyos. Máximo también respiró con fuerza, apretando los puños, dándoles la espalda mientras daba unos pasos nerviosos en torno a sí mismo. Cinta quedó en medio, abrazándose con desvalida tristeza.

Fue en ese momento cuando las puertas de urgencias se abrieron de par en par y entraron varias personas corriendo con un niño lleno de sangre en los brazos.

El lugar se convirtió en un caos de gritos, voces y carreras.

15 (8 HORAS, 20 MINUTOS)

El doctor Pons le tendió unas hojas.

–Desde luego, no es metilendioximetaanfetamina, sino metilendioxietanfetamina.

El inspector Espinós levantó la vista del resultado del análisis de sangre.

–No es éxtasis –aclaró el médico–, sino eva.

–Bueno, eso ya me lo imaginaba –reconoció el policía–. La gente sigue llamándolo éxtasis, pero...

–Lo malo es que, ahora que teníamos el éxtasis bastante estudiado... –el doctor Pons hizo un gesto de desesperanza antes de empezar a hablar, casi para sí mismo–. Quizá no debía haberse prohibido, ya ves tú. Cuando vamos descubriendo una cosa, la prohíben, y entonces sale otra más difícil de detectar. A comienzos del siglo pasado se empleaban dosis controladas de éxtasis en psiquiatría para mejorar la comunicación con los pacientes. Ahora, desde que la DEA lo catalogó dentro del grupo de sustancias sin utilidad médica reconocida y con riesgos de adicción... En fin, que prefería vérmelas con el éxtasis, amigo. Está claro que, siendo el eva un veinticinco por ciento menos potente que el éxtasis, su mayor cantidad de principio activo lo hace más peligroso porque actúa más rápido. Es todo lo que sabemos y poco más, muy poco más.

–Y además de eva, ¿qué contenía esa pastilla?

–Ahí está todo lo que hemos detectado –señaló el análisis de sangre–, pero, como siempre, es insuficiente. El cuerpo ya ha eliminado algunas sustancias. Seguimos sin saber contra qué luchamos. De las variedades analizadas por los laboratorios de toxicología últimamente, el ochenta por ciento era eva, y no había ninguna pastilla cuya composición fuese igual a otra. Siempre hay alguna porquería que las diferencia entre sí.

–Esta también es diferente –le informó el inspector Espinós–. Según esos chicos, tenía una media luna grabada. Es la primera con esta marca, así que debe de haber una nueva partida recién llegada a la ciudad, tal vez de procedencia remota.

–¿Por qué les ponen esos sellos? ¿Lo sabes?

–Para distinguirlas, para jugar... ¡qué se yo! He visto pastillas con tantas figuras y nombres...: el conejito de *Playboy*, la lengua de los Rolling Stones, logotipos de canales de televisión, dibujos infantiles...

–De momento, esta luna ya tiene una víctima.

–Luna –rezongó el policía–. Malditos hijos de puta... Un paquete de mil pastillas pesa algo más de un cuarto de kilo, ¿cómo lo ves, eh, Juan? Alrededor de doscientos ochenta gramos. ¡Diez mil pastillas pesan menos de tres kilos! ¡Y valen cerca de ciento veinte mil euros el mercado!

–Es el precio lo que lo hace fácil –intercaló el médico–. ¿A cómo está ahora la cocaína en la calle?

Vicente Espinós suspiró agotado.

–Setenta el gramo.

–Creo que el *speed* está a unos dieciocho, y el éxtasis o el eva a un poco menos, ¿me equivoco? Es lo más barato y, por tanto, también lo más explosivamente peligroso. En Inglaterra se consumen a la semana entre un millón y un millón y medio de pastillas, todas entre chicos y chicas de trece a diecinueve años. ¿Cuántas se consumen en España?

No había cifras, y los dos lo sabían. Por ello la pregunta se hacía más angustiosa.

–Nos llevan una gran ventaja –dijo el policía–, los fabricantes y los traficantes por un lado, y esos chicos por otro. A veces oigo a mi hija hablar de música y me parece una extraterrestre. *Rave, hardcore, trance, house, techno, hip-hop...* ¡Hasta hace unos años, aún creía que el bacalao se comía, y ahora resulta que lo escriben con ka y se baila! –no se rio de su chiste–. ¿Qué más quieren si ya salen de noche, practican el sexo y hacen lo que les da la gana? ¿Por qué además han de destruirse? ¿Es eso libertad?

–¿Recuerdas cuando fumábamos hierba en los sesenta?

–¡Venga, no compares, tú!

–Lo único que sé es que a veces se necesita una muerte para sacudir a la sociedad –desgranó Juan Pons con deliberada cautela–. En 1992, las drogas de diseño apenas alcanzaban un tres por ciento del consumo total en nuestra comunidad. En 1993 saltamos al diecinueve por ciento, en 1994 llegamos al treinta y cuatro por ciento, y en 1995... Desde entonces, y sobre todo en estos últimos tiempos, ha seguido aumentando su consumo. Aun así, estamos lejos de los cincuenta y dos adolescentes muertos en Inglaterra en la primera mitad de los noventa. Cincuenta y dos, que se dice pronto. Y eso quitando comas, lesiones permanentes y efectos secundarios. Y espera, que dentro de diez años tendremos una generación de depresivos, porque eso es lo menos que les va a pasar a estos chicos. Las lesiones cerebrales y físicas serán de consideración.

–Este caso levantará ampollas –dijo Vicente Espinós.

–Por eso te decía que a veces se necesita algo como lo de esta chica para sacudir a la opinión pública.

–Ya, pero a la única opinión pública que va a sacudir es a la policía.

–¿Qué harás, una redada general de camellos con sello de urgencia?

–No seas cruel, Juan –protestó el inspector–. Pero, desde luego, va a haber una buena movida.

–¿Te han dado algún dato de interés esos chicos?

El policía se puso en pie.

–Una nariz aguileña.

–¿Y...?

–Es suficiente –dijo Vicente Espinós–. Al menos por ahora.

Y le tendió la mano a su amigo, dispuesto a irse, dando por terminada su breve charla.

16 (8 HORAS, 32 MINUTOS)

Marcó el número de teléfono de memoria y, apenas lo hubo hecho, miró a derecha e izquierda, para asegurarse una vez más de que todo estaba tranquilo y la calle envuelta en la normalidad prematura de un sábado por la mañana. No tuvo que esperar mucho.

–¿Sí? –le contestó una voz femenina por el auricular.

–¿El señor Castro?

–Duerme –fue un comentario escueto–. ¿Quién le llama?

–Poli –dijo él–. Poli García.

–¿Qué quieres?

–Ha habido una movida. He de hablar con él.

–¿Qué clase de movida?

–Oye, despiértalo, ¿vale? Puede ser importante y tiene que saberlo.

–¿Qué clase de movida? –repitió la voz femenina.

–Una chica en el hospital –bufó el camello–. Estoy en una cabina y no tengo muchas monedas.

–Cómprate un móvil. ¿Qué tiene que ver esa chica con Álex?

–Le vendí una luna. De las primeras.

Ahora sí. Ella pareció captar la intención.

–Espera –suspiró.

No tuvo que hacerlo durante mucho tiempo, pero por si acaso introdujo otra moneda por la ranura del teléfono.

–¿Poli? –escuchó la voz de Alejandro Castro–. ¿Qué clase de mierda es esa?

–Ya ves. Estuve en el Pandora's, vendí como cincuenta, y nada más irme, una chica se puso a parir.

–¿Golpe de calor?

–Eso parece.

–¿Cómo lo sabes?

–Me lo han soplado. Yo también tengo amigos, ¿sabes?

–¿Está bien?

–¡Y yo qué sé! Debe de estar en algún hospital.

–¡Eh, eh, tranquilo!

–¿Tranquilo? Esta clase de marrones no me gustan. Si muere, habrá problemas, y aunque no la palme, puede que los haya igualmente. ¡Coño, me dijiste que era material de primera!

–¡Y lo es! ¿Qué te crees?

–¡Nunca me había pasado nada así!

–Oye, Poli, entérate: yo no las fabrico, las importo. Y trabajo con gente que lo hace bien.

–Todo lo que tú quieras, pero yo tengo doscientas pastillas encima, y ya veremos qué pasa esta noche.

–¡Yo tengo quince kilos, y hay que venderlas, no me vengas con chorradas!

–Mira, Castro, si esa cría muere, la poli va a remover cielo y tierra, y como den conmigo...

–Como den contigo, ¿qué? –le atajó el aludido al otro lado del teléfono.

Poli percibió claramente su tono.

Llenó sus pulmones de aire.

–Nada –acabó diciendo–. Supongo que estoy un poco nervioso.

–Pues tómate una tila y cálmate, ¿vale?

No había mucho más que decir.

–¡Vale!

El otro ni siquiera se despidió.

17 (9 HORAS)

Loreto apareció en la puerta de la cocina con el sueño todavía pegado a sus párpados. Su madre la contempló buscando, como cada mañana en los últimos días, la naturalidad en sus gestos y la indiferencia en su mirada. Pero también como cada mañana, le fue difícil hacerlo. Pese al camisón, que le llegaba hasta un poco más arriba de las rodillas, la delgadez de su hija era tan manifiesta que seguía horrorizándola. Los brazos y las piernas eran simples huesos con apenas unos gramos de carne todavía luchando con firmeza por la supervivencia. El pecho no existía. Pero lo peor seguía siendo el rostro, enteco, lleno de ángulos debido a que en él no había ya más que piel.

A veces le costaba reconocerla.

Había sido tan bonita...

Tan...

–Hola, mamá. Buenos días.

–Buenos días, cielo.

–He dormido doce horas, ¿no?

–Sí, está bien. ¿Cómo te encuentras?

–¡Oh!, estupendamente.

Le hizo la pregunta que tanto temía, pero que debía formular para dar visos de normalidad cotidiana. La pregunta que tres veces al día la llenaba de zozobra. Y no porque ella fuese a rechazarla.

–¿Quieres desayunar?

Se encontró con la mirada de su hija.

–Unos cereales con leche.

–¿Te los pongo yo?

–No, ya lo haré yo misma, gracias. Voy a lavarme.

La vio salir y se apoyó en la mesa. A fin de cuentas, lo importante ya no era solo que comiera algo sin muestras de gula o ansiedad, sino que no lo vomitara después.

Esa era la clave.

De algún lugar de sí misma buscó las fuerzas que le permitieran seguir. Ella también estaba como su hija: en los huesos de su resistencia. Pero los médicos, los psiquiatras sobre todo, no dejaban de repetirle que tenía que ser fuerte, muy fuerte.

Si ella flaqueaba, Loreto estaría perdida.

De pronto, recordó la llamada telefónica.

Pensó en no decirle nada, pero de cualquier forma ella llamaría antes o después a sus amigos, así que...

–¡Loreto!

Fue tras ella. Ya estaba en el baño. Llamó a la puerta y entró casi a continuación. Su hija se cubrió el cuerpo rápidamente con la toalla. Pero bastó una fracción de segundo para que ella pudiese verla desnuda.

Casi tuvo que abortar un grito de pánico y dolor.

Los prisioneros de los campos de exterminio nazis no tenían peor aspecto.

–¡Mamá! –gritó Loreto.

–Lo... siento, hija –trató de dominarse a duras penas–. Es que algo le ha pasado a Luciana y...

Loreto olvidó la intromisión de su madre.

–¿Qué pasa? –dijo alarmada.

–La han llevado al Clínico. Por lo visto se ha tomado algo esta noche, alguna clase de droga.

–¡Oh, no! –el rostro de la muchacha se transmutó–. ¿Está bien?

–No lo sé. Han llamado muy de mañana, apenas había amanecido.

–¿Por qué no me despertaste?

–Vamos, hija, ¿qué querías que hiciese?

–He de ir allí –dijo Loreto.

–¿En tu estado?

–Mamá...

Salió del baño, envuelta en la toalla, y caminó en dirección al teléfono. Marcó el número de la casa de Luciana y esperó unos segundos.

–No hay nadie –dijo finalmente.

Colgó.

Y en ese instante, el timbre del aparato las sacó a las dos de su silencio.

18 (9 HORAS, 5 MINUTOS)

Vicente Espinós salió por la puerta de urgencias del Hospital Clínico y se detuvo en la acera para tomar aire y decidir qué rumbo seguir. La mañana era agradable. Una típica mañana de primavera, a las puertas del verano y en tiempo de verbena, pero aún sin los calores caniculares. No le gustaban los hospitales. Debía de ser hipocondriaco. Se decía que un buen tanto por ciento de personas que entraban en un hospital salían con algún virus pegado al forro. Y lo mismo los pacientes. Los curaban de una tontería y salían con algo gordo.

Se olvidó de sus malos presagios cuando le vio a él. Aunque, de hecho, su presencia no hizo más que reavivarle otros.

El reconocimiento fue mutuo.

–¡Vaya por Dios! –comentó el policía sin ocultar su disgusto.

–Caramba, la ley –dijo el aparecido deteniéndose.

No podía ser casual. No con Mariano Zapata.

–¿Qué hace por aquí? –le preguntó.

–Creo que lo mismo que usted –sonrió el periodista–. ¿Qué hay de esa chica?

–Las noticias vuelan. ¿Quién le ha llamado?

–Contactos –resolvió Mariano Zapata con un aire de suficiencia.

–¿Por qué no les hace un favor a ella y a la investigación, y se va?

–Vamos, Espinós –el periodista abrió los brazos mostrándole sus manos desnudas–. ¿Me lo dice en serio?

–Se lo digo en serio, sí.

–Debería saber que es bueno que esas cosas se sepan –justificó Zapata–. Siempre actúan de freno. Un montón de padres les prohibirán a sus hijos salir el próximo fin de semana, y tal vez algunos no vuelvan a tomar porquerías recordando lo que le ha sucedido a esta chica. Eso tiene de bueno la información.

–Depende de cómo se dé.

–¿Quiere decir que yo la manipulo?

No le contestó directamente, aunque le hubiera gustado. Siempre había existido una coexistencia más o menos pacífica entre la ley y la prensa. Pero Mariano Zapata era otra cosa. Un sensacionalista.

–Si habla de esa chica, los responsables de lo que le ha sucedido tomarán precauciones.

–O sea, que debo callar para ayudarles a desarrollar su investigación.

–Más o menos.

–No puedo creerlo –se burló el periodista antes de cambiar de tono y decir con énfasis–: ¡La gente tiene derecho a saber lo que pasa! ¡Y cuanto antes, mejor!

Era la misma historia de siempre. No sabía por qué discutía con él.

Inició de nuevo su camino, sin siquiera despedirse.

–Vamos, Espinós –le acompañó la voz de Zapata–. Tiene todo el día de hoy para investigar el caso, ¿qué más quiere?

Quería romperle la cara, o detenerle, pero eso hubiera sido... ¿anticonstitucional?

¿Quién decía que hasta las ratas tienen derechos?

19 (9 HORAS, 17 MINUTOS)

Al llegar al portal del edificio, los dos aminoraron el paso de forma que se detuvieron como si se les hubiese terminado la energía. Santi, que llevaba a Cinta cogida por los hombros, se colocó delante de ella para besarla.

La chica se dejó hacer, sin colaborar, sin reaccionar.

–¿Estás bien? –acabó preguntando él.

–Sí.

–¿Seguro?

–Que sí.

Santi levantó la cabeza. Miró la casa.

–No es conveniente que te quedes sola –comentó.

–Ya –Cinta plegó los labios.

–¿Tus padres vuelven mañana?

–Ya sabes que sí.

–Déjame que suba.

–No.

–Pero...

–Ahora no –quiso zanjar el tema sin conseguirlo.

–¿Por qué?

–Porque acabarás como siempre, y no me apetece. Además, la última vez casi nos pillan, y juré que no volvería a ser tan imprudente.

–Oye, que es sábado por la mañana. La otra vez era domingo y nos quedamos dormidos. Y ellos no van a volver el sábado por la mañana, ¿vale?

–Imagínate que mi madre se pone mala o qué sé yo.

–Escucha –trató de ser convincente, casi tanto como solía gustarle a su novia–, solo quiero echarme un rato, nada más. Y así nos hacemos compañía. Ha sido un palo, y no quiero dejarte sola.

Se encontró con la mirada cargada de dudosos reproches de Cinta, pero nada más.

–Además, dije en casa que estaría fuera todo el fin de semana –continuó él–. Si aparezco a esta hora del sábado, van a creer que ha pasado algo. No esperaba que ocurriera una cosa así.

–Mucha cara tienes tú.

–Va, no seas así.

Le dio un beso en la frente y Cinta cerró los ojos. Luego, él la atrajo hacia su pecho y ella se dejó acariciar, muy quieta.

No hizo falta volver a hablar.

Entraron en el portal en silencio, todavía abrazados, revestidos de ternura, hasta que la aparición de una vecina en la escalera los hizo separarse.

20 (9 HORAS, 26 MINUTOS)

Abrió la puerta con sigilo, por si tenía suerte y ellos aún dormían, o al menos no le oían llegar, pero enseguida comprendió que ese no era precisamente su día.

Su madre apareció en el pasillo, en bata, con su habitual cara de preocupación.

–¡Vaya horas, Máximo! –fue lo primero que le dijo.

Lo siguiente fue acercarse a él para comprobar su estado.

–Estoy bien, mamá. No he bebido.

Parecía no creerle. Se plantó delante, mirándolo de hito en hito.

No tuvo tiempo de mostrarse enfadado por la falta de confianza materna, ni de protestar o tratar de capear el temporal al que, por otra parte, ya estaba habituado.

Su padre apareció en la puerta del baño a medio afeitar.

–¿Qué, por qué no empalmas directamente? –le gritó.

–Se me ha hecho tarde, caramba. No voy a estar mirando la hora...

–¡Ay, hijo, es que primero llegabas a las tres o las cuatro, luego ya fue al amanecer, y ahora...! –su madre se puso en plan dramático.

–Oye, tengo casi diecinueve años, ¿vale?

–¡A tu madre no le contestes!, ¿me oyes? ¡Mira que te doy un guantazo que te pongo las orejas del revés! ¡Casi diecinueve años, casi diecinueve años! ¡Si aún te quedan siete meses, crío de mierda!

–Bueno, no discutáis –trató de mediar la mujer.

–Tú has empezado, mamá –la acusó Máximo–. He salido, se me ha hecho tarde y estoy bien, ¿ves? ¿Qué más quieres?

–¿Y no piensas que tu madre a veces no pega ojo en toda la noche? –continuó gritando el hombre.

–Yo no tengo la culpa de eso –se defendió él.

–Si es que cada semana se matan tantos chicos en accidentes que...

Dejaron de hacerle caso a ella.

La discusión era ahora entre ellos dos, como habitualmente solía suceder.

–¡Y ahora, a dormir hasta la hora de comer, claro! ¡Eso si te levantas, porque a lo peor empalmas hasta la noche, y vuelta a empezar! Pues ¿sabes lo que te digo, eh? ¿Sabes lo que te digo? ¡Que se me están empezando a hinchar las narices! ¡Y a mí cuando se me hinchan las narices...!

–Vale, oye, no grites –trató de contenerle Máximo, viendo que su madre iba a empezar a llorar.

–¡Tú a callar, yo grito lo que me da la gana!

Máximo se tragó su posible respuesta. Lo hizo tanto por cansancio como por su madre. El silencio los envolvió súbitamente, de forma que los tres se miraron como animales acorralados.

Fue suficiente. La tensión cedió de manera progresiva, como una espiral.

El hombre volvió a meterse en el cuarto de baño, dando un portazo, y Máximo entró en su habitación.

En el momento de dejarse caer sobre la cama, tenía los puños apretados, pero no solo era por la discusión que acababa de tener.

Seguía pensando en Luciana, y en Raúl, y en...

21 (9 HORAS, 30 MINUTOS)

Aparecieron los dos y, al entrar en la sala, Mariano Zapata se levantó. Fue él quien les tendió la mano en primer lugar.

–¿Señores Salas?

Primero se la estrechó a ella haciendo una leve inclinación. Después, a él. Acto seguido, les mostró su credencial de prensa.

Esther Salas lo miró sin acabar de comprender.

–¿Cómo está su hija Luciana? –se interesó el periodista.

–En... coma –articuló Luis Salas.

–Sí, lo sé. Me refería a si había habido algún cambio –aclaró Mariano Zapata.

–No, dicen que aún es... pronto.

–Créanme que lo siento. Estas cosas le revuelven a uno el estómago.

–¿Va a escribir algo sobre nuestra hija? –vaciló el padre de Luciana.

–Debo hacerlo.

–¿Porque es noticia?

–Es algo más que eso, señor Salas –trató de mostrarse lo más sincero posible, y en el fondo lo era–. Cuando estas cosas pasan, la desgracia de una persona suele ser la salvación de otras.

—No le entiendo —musitó la mujer.

—Un caso como el de Luciana alerta a los demás, a posibles víctimas y a sus padres —le aclaró su marido.

—Así es —corroboró el periodista—. De ahí que quiera hablar con ustedes, saber algo más de su hija, pedirles que me cuenten cómo era, que me den alguna fotografía.

—Señor...

—Zapata, Mariano Zapata —les recordó.

—Señor Zapata —continuó Luis Salas—. Ahora mismo no estamos para otra cosa que no sea estar a su lado, ¿entiende? Tal vez mañana, o pasado... No sé...

—Esta noche, cientos de chicos y chicas tomarán la misma porquería que ha llevado a Luciana a ese estado, señor Salas —insistió él.

—Todo esto acaba de ocurrir. Todavía... —balbuceó Esther Salas.

—Se lo ruego, señor Zapata —pidió Luis Salas.

—¿Podría hacerle una fotografía a Luciana?

—¡No!

Fue casi un grito. Los dos hombres la miraron.

—Señora, esa imagen...

—¡No quiero que nadie la vea así, por Dios!

Todo el horror del mundo tintaba sus facciones. El periodista supo ver en ellas una negativa cerrada.

—De acuerdo, señora —se resignó—. Lo siento.

Y volvió a tenderles la mano, dispuesto a marcharse.

22 (9 HORAS, 38 MINUTOS)

Cinta sintió la mano de Santi en su muslo desnudo, y rápidamente movió la suya para detener su avance.

—Ya vale —dijo con escueta sequedad.

Santi no le hizo caso. Siguió recorriendo su piel en sentido ascendente, tratando de vencer la oposición de la mano de ella.

—¡Estate quieto!, ¿quieres? —acabó gritando Cinta mientras se daba la vuelta en la cama, furiosa.

—Mujer... —se defendió él.

—¡Has dicho que solo querías echarte un rato!

—Es que al verte así...

–¡Pues cierra los ojos o date la vuelta!

–Ya.

Cinta se acodó con un brazo y le miró, presa de una fuerte rabia.

–¿Serías capaz de hacerlo, ahora? –le preguntó.

–¿Por qué no?

–¿Con Luciana en el hospital, en coma?

–Precisamente por eso necesito...

–Eres un cerdo –le espetó su novia.

–No soy un cerdo.

Cinta volvió a darle la espalda. Hizo algo más: se apartó de él colocándose prácticamente en el borde de la cama. A través de la penumbra, Santi vio sus formas suaves, su belleza juvenil, todo cuanto encerraba su cuerpo.

Tan cerca y, de pronto, tan lejos.

–Vale, perdona –dijo.

No hubo respuesta.

–He dicho que lo siento.

El mismo silencio.

Roto apenas unos segundos después por el ahogado llanto de la chica.

Aunque sabía que no era por él.

Era como si Luciana estuviese allí, entre ellos, y también en sus mentes.

23 (10 HORAS)

Al principio, precisamente, la que le había gustado era Luciana.

Las conoció a las dos al mismo tiempo, inseparables, sin olvidar a Loreto, que iba más a su bola y apareció después. Las llamó las *destroyers* porque arrasaban. Tenían toda la marcha del mundo, eran fans de casi todos los grupos de guaperas habidos y por haber. Pero en sus rostros y en sus cuerpos anidaba un ángel, algo especial.

Cuando comprendió que Luciana era diferente, más inaccesible, y que además se inclinaba por Eloy, entonces se fijó en Cinta, y ella en él.

Desde ese momento, todo fue muy rápido.

Enamorados como tontos.

Jamás pensó que pudiera engancharse tan pronto, pero con Cinta había encontrado algo que no conocía: la paz. Por otra parte, primero todo fue un juego adolescente. Después, ya no.

Ahora Cinta no era fan de ningún grupo de guaperas. Era una mujer.

Una mujer de dieciocho años.

¿Por qué había tenido que meter la pata?

La oyó llorar más y más, hasta que el viento huracanado de ese sentimiento menguó y cesó. Tuvo deseos de cogerla, abrazarla, ya sin deseo sexual, solo porque ella lo necesitaba, pero no se atrevió siquiera a tocarla. Cinta tenía carácter.

Mucho carácter.

Cerró los ojos y, entonces, se vio a sí mismo y a los demás, la pasada noche, bailando.

Luciana, Máximo, Cinta, Raúl, Ana, Paco, él...

Oía sus voces.

–Vamos, total... A ver qué pasa.

–Oye, esto no será muy fuerte, ¿verdad?

–A mí me da por reírme.

–¡Ya, que te voy a creer!

–En serio.

–Mirad que como mañana me despierte en una cama ajena y no recuerde nada... Os mato, ¿vale?

–Todo depende de cómo sea él.

–¡Pero si no es más fuerte que una anfeta, cagada!

–Por eso vale doce pavos, ¿no?

–¡Cómo te enrollas!

–Venga, tía, va.

–Que no, en serio.

–Serás...

–¿Vas a ser la única que pase?

–En fin... Pero no se lo digáis a Eloy.

–A ver si es que vas a tener que pedirle permiso para todo.

–Venga, venga, que vamos a arrasar.

–¿Habéis oído hablar del Special K?

–No, ¿qué es?

–¡Huy, lo más fuerte! ¡Y lo último!

–No toméis alcohol con esto, ¿eh? Te deshidratas. Y bebed agua cada hora, pero sin pasarse.

–Muy enterado estás tú.

–Hombre, hay que saber de qué va la película.

–¿Qué tal? ¿Flipa o no flipa?

–Yo no siento nada.

–¡Venga, vamos a bailar! ¡Que circule!

Santi volvió a abrir los ojos.

Jadeaba y el corazón le latía con mucha fuerza en el pecho. No era Cinta, sino él, quien necesitaba que le abrazaran ahora.

–Cinta... –susurró.

No hubo respuesta.

24 (10 HORAS, 1 MINUTO)

Cinta miraba las rendijas de la persiana, los segmentos horizontales por los cuales se filtraba la luz del sol. No tenía sueño, ni pizca de sueño, aunque agradecía el hecho de poder estar tumbada, en silencio. Lo único malo del silencio era oír el eco de sus propios pensamientos. Un eco que la aturdía.

Y no podía escapar de él. Era como ondas que se dilataban y se contraían en la superficie quieta de un lago.

Ella y Luciana habían sido las más reacias a tomar la pastilla. Una cosa eran las anfetas o alguna bebida fuerte, y otra muy distinta una pastilla de éxtasis. Raúl, y Máximo, y también Santi en el fondo, incluso la misma Ana, fueron los motores. Raúl y Máximo estaban habituados. En realidad, ni Ana ni Paco formaban parte del grupo, pero los conocían. Ella parecía estar de vuelta de todo. Demasiado.

Una simple pastilla blanca, redonda, del tamaño de una uña, o tal vez más pequeña.

¿Cómo era posible que...?

–Oye, ¿no dices que quieres probar nuevas experiencias, y que le has dicho a Eloy que vas a tomártelo con calma? Pues empieza.

–Creo que soy idiota.

–Bueno, mañana le llamas y le dices que eres idiota. Pero esta noche vamos a soltarnos el pelo.

–La verdad es que pagar tanta pasta por esto...

–A mí no me irá mal dejar de pensar un rato. Tengo los exámenes metidos en el tarro.

–Seguro que me mareo y vomito.

–¡Qué moral, tía! ¡Tómatela ya, y calla de una vez!

Ojalá hubiera vomitado. Cuando la vio caer al suelo y se dio cuenta de lo mal que estaba... Y todo lo que pasó después, cuando la sacaron, y empezaron los gritos, y la espera de la ambulancia, y todo lo demás...

Santi tal vez tuviera razón: necesitaba un poco de cariño, amor, ternura, tal vez sexo.

Pero no se movió.

Recordaba cuando se conocieron. Hacían cola para comprar dos entradas del concierto de su grupo preferido, y de pronto cerraron la taquilla y anunciaron que se habían agotado. Luciana se echó a llorar, y ella empezó a gritar, dispuesta a saltar sobre la taquilla y abrirla a golpes. Sin saber cómo, se vieron una junto a la otra, llorando desconsoladas y abrazándose. No sabían nada la una de la otra, pero compartían su amor infinito por ellos, los cinco chicos más guapos de la creación, los que mejor cantaban, los que mejor bailaban, los que mejor se movían...

No pudieron ir a ese concierto, pero desde entonces fueron como hermanas. Luego, Luciana le presentó a Loreto. Eran íntimas, pero a Loreto la música le importaba menos, así que Luciana y ella tenían muchas más cosas en común.

Incluso tenían planes. Se querían ir a vivir juntas. Y solas.

De pronto todo parecía increíble, lejano y, sobre todo, ¡tan absurdo!

Una simple noche, una simple pastilla que se suponía iba a disparar...

Sí, disparar era la palabra exacta.

Como todas las armas, el disparo podía llegar a ser mortal.

25 (10 HORAS, 2 MINUTOS)

Máximo tampoco podía dormir.

La pelea entre sus padres a causa de él había cesado hacía rato, y ahora la casa estaba en silencio, pero su mente era un hervidero. Creía que un descanso, atemperar los nervios, le vendría bien, y descubría que no, que la soledad era peor. El silencio se convertía en un caos.

Cinta y Santi estaban juntos, pero él no tenía a nadie.

Nunca había tenido a nadie.

El loco de Máximo.

Loco o no, ahora no podía eludir su responsabilidad. Eloy tenía razón. La culpa era suya, no toda, pero sí gran parte. Fue él quien llevó las malditas pastillas a Luciana, Cinta y Santi. Él y, por supuesto, Raúl.

Aún más condenadamente loco.

–¡Vamos, tío, si compramos un puñado nos las rebaja!

–¿Colocan bien?

–¿De qué vas? Te estoy hablando de éxtasis, no de ninguna mierda de esas de colores para críos con acné.

–Que ya lo sé, hombre, ¿qué te crees? Pero no sé si ellas...

–¿Luci y Cinta? ¿Qué son, bebés? ¡Eh, colega!

Entonces había aparecido él.

El camello.

Tal y como se lo había descrito al inspector.

–Recién llegadas. ¿A que son bonitas? ¿Veis? Una luna. Doce cada una si compráis media docena. Precio de amigo.

–De amigo sería a seis.

–Sí, hombre, si quieres te las regalo.

–¡Anda ya!

Se conocían. Raúl y el camello se conocían.

Entonces fueron con Cinta, Santi y Luciana. Paco y Ana también estaban allí. Siete pastillas. Ochenta y cuatro euros. Raúl ya llevaba algo encima, porque no paraba de moverse, de reír, de gritar, con los ojos iluminados.

Raúl era de los que aguantaban todo el fin de semana, de viernes a lunes prácticamente. Cuatro días de bajada y, al siguiente viernes, vuelta a empezar. Era su vida.

La música, la *mákina* y el *bakalao*, la disco, el movimiento continuo.

Y en un momento determinado, todos formando una cadena: el camello, Raúl, él y, finalmente, Luciana.

Una cadena que se rompía por el eslabón más pequeño y más débil.

Aparte de Loreto, la única chica que le había importado, y que ya no era más que una sombra de sí misma por culpa de la maldita bulimia.

¿Por qué se destruían a sí mismos?

Suspiró con fuerza para sentirse vivo, pero solo consiguió recordar que Luciana ya no podía hacerlo. El dolor se le hizo entonces insoportable. Y no tenía ni idea de cómo arrancárselo.

Si Luciana moría... Si permanecía en coma durante meses, o años...

Máximo se levantó de un salto. Estaba temblando.

26 (10 HORAS, 23 MINUTOS)

Eloy tuvo suerte. No se vio obligado a llamar desde el interfono. Un hombre, llevando de la mano a un niño, salía del portal, y él entró sin necesidad de llamar. Ni siquiera esperó el ascensor. Total, solo eran tres pisos. Los subió dando zancadas, devorando los peldaños de dos en dos, y se detuvo ante la puerta el tiempo justo para coger aire. Luego llamó.

Le abrió Julia. La conocía. Era una preciosidad de catorce años, que daría mucho que hablar dentro de un tiempo, si es que no lo hacía ya. Rubia, de pecho pequeño, ojos grises, piernas largas que ella resaltaba con ajustadas minifaldas de tubo...

–Vaya –le sonrió–. Es toda una sorpresa. ¿Cómo estás?

–Bien –mintió–. ¿Está Raúl?

Su hermana se mostró sorprendida por la pregunta.

–¿Es un chiste? –sonrió–. Pasa.

–No, tengo prisa.

Ella no ocultó su disgusto.

–¿No conoces a Raúl? El fin de semana no aparece por casa. ¿Por qué iba a estar aquí un sábado por la mañana habiendo *after hours*?

–¿Sabes dónde podría encontrarlo?

–No es de los que dicen adónde van, ni tampoco de los que hacen planes. Si tú no lo sabes, menos lo sé yo. ¿Por qué lo buscas?

–Necesito una información urgente.

–Pues hasta el lunes...

Se dio cuenta de que ella aún pensaba que era una excusa, así que se rindió definitivamente.

–Vale, gracias.

Julia se encogió de hombros.

—Estoy sola —le dijo—. Y aburrida.

—Y yo de exámenes.

Ya estaba en la escalera.

La hermana de Raúl cerró la puerta sin darle tiempo a despedirse.

27 (10 HORAS, 35 MINUTOS)

Vicente Espinós aparcó el coche directamente sobre la acera y descendió sin prisa. No cerró la puerta con llave. Solo un idiota se lo robaría, a pesar de no llevar ningún distintivo que indicase que era un coche policial. Luego salvó la breve distancia que le separaba de la entrada de la pensión Ágata.

No había nadie dentro, pero no tuvo que esperar demasiado. Un hombre calvo, bajito, con una camiseta sudada, apareció de detrás de una cortina hecha con clips unidos unos a otros. Su ánimo decreció al verlo y reconocerlo.

—Hola, Benito —le saludó el policía.

—Hola, inspector, ¿qué le trae por aquí?

No había alegría ni efusividad en su voz; solo respeto y un vano intento de parecer tranquilo, distendido.

—Busco al Mosca.

—Moscas tenemos muchas...

—Benito, que no tengo el día.

—Perdone, inspector.

Por la cortina apareció alguien más, una mujer entrada en años, pero aún carnosa y sugestiva. Iba muy ceñida, luciendo sus caducos encantos. Le sacaba toda la cabeza al calvo.

—¡Inspector! —cantó con apariencia feliz.

—Hola, Ágata —la saludó él.

—Está buscando al Mosca —le dijo Benito.

—El bueno de Policarpo —suspiró la mujer—. ¿En qué lío se ha metido ahora, inspector?

—Solo quiero hablarle de un par de cosas, nada importante.

—Pues tendrá que buscar en otra parte —dijo Ágata.

—Se marchó hace dos meses —concluyó Benito.

—¿Adónde?

–¿Quién lo sabe? –ella fingió indiferencia–. Esta es una pensión familiar y barata. Cuando algunos ganan un poco de dinero, siempre intentan buscar algo que creen que es mejor.

–El mundo está lleno de desagradecidos –apostilló el hombre.

–¿Trincó pasta el Mosca?

–Yo no he dicho eso –se defendió Ágata–, pero como se marchó de aquí...

–Haced memoria u os mando una inspección...

–¡Hombre!

–¡Que tampoco es eso!

No lo conmovieron, así que decidieron lo más práctico.

–Lo único que sabemos es que se veía con la Loles, ¿la conoce? Una del Laberinto.

–Sé quién es –asintió Vicente Espinós.

–Bueno, pues me alegro –manifestó la mujer.

El policía los miró de hito en hito. Formaban una extraña pareja. Y llevaban treinta años casados, cuando otros se divorciaban a la mínima. A continuación se dio media vuelta.

–Si lo veis...

–Lo llamamos, inspector, descuide. No faltaría más.

No lo harían, pero eso era lo de menos.

28 (10 HORAS, 42 MINUTOS)

Loreto se miró en el espejo de su habitación.

Desnuda.

Recorrió las líneas de su cuerpo, una a una. Casi podía contar sus huesos, las diagonales de sus costillas, el vientre hundido, la pelvis salida y extrañamente frondosa, las nudosidades de sus rodillas, la piel seca, el cabello débil y sin fuerza que se le caía cada día más.

Y aun así, se sintió mal por algo distinto. Peor.

Gorda.

Tuvo que cerrar los ojos y volver a abrirlos para enfrentarse a la realidad.

Tal y como le había dicho el psiquiatra.

Se estaba muriendo. Si no dejaba de comer incontroladamente para vomitar después, sintiéndose culpable y por temor a la obesidad, sería el fin. Había llegado al límite y, tras él, no existía retorno posible.

Luchó desesperadamente consigo misma y pensó en Luciana.

Luciana, tan llena de vida, siempre alegre.

Desde que sabía que estaba en coma era como si algo, en su interior, pugnase por estallar, sin saber qué era ni por dónde saldría esa explosión. Estaba ahí, agazapado.

Luciana. Ella.

Apenas veinticuatro horas antes, Luciana había estado allí, a su lado, frente a aquel espejo, obligándola también a mirarse.

–¡Por Dios, Loreto! ¿Es que no lo ves? ¡Mira tus dedos, tus dientes, tus pies!

Miró sus dedos. De tanto introducírselos en la boca para vomitar los tenía sin uñas, doblados, convertidos en dos garfios, atacados por los ácidos del estómago.

Miró sus dientes, con las encías descarnadas, colgando como racimos de uva seca de una vid agotada, también destrozados por los ácidos estomacales que subían con la comida al vomitar.

Miró sus pies, sus hermosos pies, casi tanto como las manos unos años antes, ahora llenos de callosidades, pues al perder peso, al desaparecer la carne de su cuerpo, habían tenido que desarrollar su propia base para sostenerla.

Era un monstruo.

Aunque mucho peor era estar gorda...

Tener tanta hambre, y comer, y engordar, y...

–¡Yo te ayudaré, Loreto! ¡Voy a ayudarte a superar esto! ¡Te lo prometo! ¡Estaré a tu lado! ¡Comeremos juntas, lo necesario, sin gulas ni ansiedades, y no te dejaré vomitar, se acabó! ¡Te lo juro!

No hacía ni veinticuatro horas.

Y ahora, ella estaba en coma.

Se moría.

Era tan injusto...

Y no solo por Luciana, sino también por ella. Porque la dejaba sola.

Sola.

Sintió una punzada en el bajo vientre, dolorosa, aguda. No podía ser la menstruación, porque se le había retirado hacía meses, después de tenerla en ocasiones diez días seguidos o de pasar tres meses sin ella, y el estreñimiento no le producía aquel tipo de daño. Tampoco eran sus habituales dolores abdominales. Era un dolor diferente, nuevo.

Tal vez un espasmo.

Pero de alguna forma, por extraño que pareciese, gracias a él sintió, de pronto, que estaba viva.

Luciana no sentía nada.

Ya no.

Loreto se apoyó en el espejo. Primero, la mano; después, la cabeza. Cerró definitivamente los ojos.

–No te mueras –susurró–. Por favor, no te mueras.

Ni ella misma supo a quién de las dos se refería.

29 (10 HORAS, 57 MINUTOS)

Mariano Zapata estaba en la cafetería del hospital tomando su segundo café del día cuando apareció Norma, cabizbaja, con las muestras de la preocupación deteriorando su serena belleza adolescente. La muchacha parecía buscar algo, tal vez una máquina, en lugar de la barra del bar.

Para el periodista era la oportunidad que esperaba, la que buscaba desde que una enfermera le había indicado quién era ella.

Se acercó a la chica.

–Tú eres Norma Salas, ¿verdad? La hermana de Luciana.

Lo miró sin sospechar nada.

–Sí.

–¿Cómo se encuentra?

–Igual. ¿Usted es...?

–¡Oh, perdona! Me llamo Mariano. Soy de la Asociación Española de Ayuda a Drogodependientes.

–Mi hermana no es una drogata –la defendió espontáneamente.

–Claro, claro –la tranquilizó él–, no se trata de eso. Lo que pasa es que este caso va a dar mucho que hablar, ¿entiendes?

–¿Por qué?

–Tu hermana es una chica joven y sana, había salido para pasarlo bien, bailar, y, sin embargo, ahora puede morir. Como comprenderás... Esa porquería que se tomó... Éxtasis, ¿verdad?

–El médico dice que no es éxtasis, sino eva.

–Bueno, es el mismo perro con distinto collar. ¿Qué edad tiene tu hermana?

–Casi dieciocho.

–¿Estudia o trabaja?

–Aún estudia, pero lo suyo es el ajedrez.

–¿Ah, sí? Interesante. ¿Es buena?

–Mucho. Ha ganado varios campeonatos escolares, aunque ella no acaba de creérselo. Supongo que para sobresalir en eso hay que arrimar mucho el hombro, y ella aún no lo tiene claro.

–¿Dónde sucedió todo? Quiero decir lo de tomarse esa cosa.

–En una discoteca llamada Pandora's.

–¿Iba sola?

–No, con sus amigos y amigas. Ayer era viernes por la noche.

–Sí, claro, es lógico. ¿Tiene novio?

Por primera vez, Norma se percató de que, sin darse cuenta, estaba respondiendo a las preguntas del desconocido que tenía delante. Aunque no parecía mal tipo.

Él también percibió su instintiva reacción.

–¿Tomas algo? –le propuso antes de que ella siguiera hablando o dejara de hacerlo.

30 (11 HORAS, 9 MINUTOS)

Poli García volvió a detenerse frente a una cabina telefónica, pero solo fue cuestión de unos segundos. Chasqueó la lengua y miró arriba y abajo de la calle en busca de un bar. Lo divisó en la esquina opuesta, a menos de veinte metros.

En todas las calles de todas las ciudades de España había por lo menos un bar.

Un bar y dos o tres bancos.

Cruzó la calzada y entró en el local. Fue directamente a la barra. Apenas había gente a aquella hora.

–¿Qué será? –le preguntó un camarero.

–Un cortado y una guía de teléfonos, por favor.

El listín llegó inmediatamente. Buscó los teléfonos de los hospitales de la ciudad y empezó a anotarlos en un papel, despacio, para no dejarse ninguno. Mientras lo hacía, le sirvieron el café.

–¿Tiene cambio para hacer algunas llamadas? –pidió.

El camarero tomó el billete y le dio el cambio del café en monedas. El camello las recogió, se bebió el café de dos tragos y se fue hacia el teléfono, que era verde y estaba ubicado en el extremo opuesto de la barra de manera visible. Marcó el primero de los números que había anotado.

–Urgencias, ¿dígame?

–Perdone, ¿podría decirme si tienen ingresada ahí a una chica que anoche tomó drogas en una discoteca? La llevaron en una ambulancia...

Negativo.

Marcó un segundo número. Y un tercero.

La respuesta le llegó en el cuarto intento.

–¿Luciana Salas? –le preguntó una voz femenina.

No tenía ni idea. Pero ¿cuántas chicas habrían ingresado de noche por causa de las drogas?

–Sí, sí, es ella –su tono cambió revistiéndose de angustias–. ¿Cómo se encuentra?

–Disculpe, pero...

–Mire, es que mi cuñada me ha dejado el recado en el contestador contándome lo que había pasado, pero sin decirme el hospital ni nada, y como estamos fuera... ¡Dios, qué angustia!, solo quiero saber... Está viva, ¿verdad?

–¿Es su sobrina? –insistió la voz femenina.

–Sí, por favor... ¡Por favor!

–Bueno –la resistencia cedió–, se ha estabilizado y por el momento está bien, aunque no fuera de peligro, pero... sigue en coma. Es cuanto puedo decirle.

Coma.

–Gracias, ha sido usted muy amable.

–De nada, señor.

Colgó y se quedó mirando el teléfono.

Tal vez debiera llamar a los otros hospitales, para asegurarse. Tal vez no fuese ella. Tal vez la del Pandora's ya estuviese en casa, tan tranquila. Tal vez.

Coma.

Golpeó el mostrador con el puño cerrado, impulsivamente, presa de una incontenible rabia. Al instante se encontró con la mirada preocupada del camarero.

Salió del bar desorientado, sin saber adónde ir o qué hacer.

31 (11 HORAS, 12 MINUTOS)

Eloy se detuvo en seco, inesperadamente, al encontrarse con El Arca de los Noés cerrada. Se acercó a la puerta y descubrió que estaba precintada por la autoridad facultativa. Su desconcierto fue palpable.

Era una de las posibilidades de encontrar a Raúl a aquella hora.

Pese a todo, no había muchos locales de baile abiertos un sábado por la mañana, legales, ilegales, camuflados o privados.

Suspiró desalentado.

Y entonces, por primera vez desde que había salido del hospital, se preguntó qué demonios estaba haciendo.

En parte lo sabía: moverse, no parar, hacer algo para no volverse loco. No habría podido quedarse en casa, solo, o en el hospital, abatido, con Luciana tan cerca hundida en la sima de su silencio. Pero en parte era algo más. Las palabras revoloteaban por su mente como moscas inquietas: «Si pudiéramos dar con una pastilla igual a la que se ha tomado ella», «si supiéramos qué sustancias contenía», «el éxtasis, el eva, son como bombas inexploradas, y cada remesa es diferente a otra»...

No, no quería dar con Raúl para romperle la cara.

Quería dar con él para intentar salvar a Luciana.

Tenía que conseguir una de aquellas pastillas.

Así de simple.

Se sentó en el bordillo y hundió la cabeza entre las manos. ¿Qué estaba haciendo: jugar a policías y ladrones? Y, sin embargo, tal vez fuese una oportunidad de hacerlo, sí, de salvar a Luciana.

Luciana.

Oyó su voz y su risa contagiosa en algún lugar de su cerebro.

Y recordó la primera vez. Aquella primera vez.

Estaba en casa de Alfredo, uno un poco pirado, y oyó decir que iba a llegar la Karpov. La llamaban así porque había ganado un campeonato de ajedrez escolar. Se imaginó a una chica con gafas, paticorta, fea, con granos, sin el menor atractivo sexual, y su machismo se vio sorprendido con algo totalmente diferente. Pero aun antes de saber que era ella, ya se había enamorado. Desde el momento en que entró en la casa se le paró el corazón en el pecho. Flechazo puro. Como para no creérselo, o reírse, porque era la pura y simple realidad.

Cinco minutos después, ya estaban hablando.

Una semana después, le daba el primer beso.

Un año después...

No iba a poder amar a nadie más como la amaba a ella. Eso lo sabía. Su padre le habló una vez del «amor de su vida», su primera novia. Nunca la olvidó, y aunque había sido feliz con su madre, aún pensaba en ella, porque había sido lo más importante de su adolescencia.

Su padre decía que la adolescencia era la parte de la vida más importante, porque es aquella en la que las personas se abren a todo, se tocan, descubren que están vivas, se sienten, aprenden, sufren la primera realidad de la existencia, aman y buscan ser amadas. El estallido de las emociones.

Su padre tenía razón.

Por eso se había declarado a Luciana. Ya eran novios, pero él quería el compromiso definitivo para empezar a hacer planes. Por eso no entendía el comportamiento de ella.

–Luciana... –gimió envuelto en un suspiro.

Si no se hubiera quedado a estudiar...

Si no...

¿A quién quería engañar? Máximo tenía razón: Luciana era tozuda. Se habría tomado aquella cosa igualmente. Y, probablemente, él también lo hubiera hecho, para no parecer idiota, para acompañarla en todo.

Ahora ya no tenía remedio.

No tenía remedio el pasado, aunque sí el futuro.

Se puso en pie de golpe, apartó las sombras de su mente y continuó su búsqueda.

Cada minuto contaba.

32 (11 HORAS, 17 MINUTOS)

Acabó de marcar el número telefónico y esperó con la frente apoyada en el puño cerrado de su mano libre. Era sábado, así que la respuesta le llegó de inmediato.

–Marisa –le dijo a la telefonista–, ponme con Gaspar.

Otros cinco segundos.

–¿Mariano? –escuchó la voz de su compañero y jefe de sección.

—Oye, hazme un favor: que me busquen todo lo que haya en documentación acerca del éxtasis, el eva, los casos en Inglaterra de comas y muertes de adolescentes, estadísticas españolas y todo lo relacionado con el tema.

—¿Dónde estás?

—En el Clínico, con algo muy bueno.

—¿Qué es?

—Una adolescente en coma por un golpe de calor debido al eva.

—¿Crees que vale la pena?

—¿Una buena niña, campeona de ajedrez, limpia, sana? ¿Tú qué crees? Esto es de portada, ¿vale?

—¿Estando la Eurocopa, la reunión de la ONU, lo del gobierno y...?

—¿Qué te pasa? Sacamos en portada cuatro o cinco temas. Y te aseguro que este será uno de mañana. Vamos a remover las conciencias justamente el día en que la gente olvida las suyas en casa para echarse a las carreteras a hacer el hortera.

—Vale, vale. Tú eres el experto —concedió el otro.

—Puedes apostar a que sí —confirmó Mariano Zapata—. Un caso así, a las puertas del verano, será dinamita pura. Vamos a poner a la policía en el disparadero, y a todas las discotecas *makineras*, que son la tapadera de ese comercio, y a esos niñatos que se pasan el fin de semana bailando con la muerte... —se detuvo un instante y cambió el tono para decir—: ¡Eh, buen titular: «Bailando con la muerte»! ¡Me gusta!

—Eres un caso —se burló Gaspar—. Disfrutas con tu trabajo, ¿eh?

—¿Me he equivocado alguna vez cuando he dicho que tenía algo bueno?

—No —reconoció su compañero.

—Pues este tema va a dar para toda la semana. Y mucho más con esa chica en coma. Solo me falta su fotografía.

—¿La puedes conseguir?

—Creo que sí.

—Si hay foto, desde luego es portada —convino Gaspar.

—Cuenta con ella.

—Buena movida.

—Hasta luego. Te tendré informado —se despidió el periodista.

Vicente Espinós tuvo que esperar más de un minuto y llamar tres veces antes de que al otro lado de la puerta sonara un ruido o lo más parecido a una respuesta. Después, una voz gutural, espesa, se hizo patente con escasas muestras de cordialidad.

–¿Quién es?

–Abre, Loles.

–¿Quién es? –repitió la voz, prácticamente en el mismo tono.

–¿Quieres que te muestre la patita por debajo de la puerta? Abre o echo la puerta abajo.

Transcurrieron unos segundos. Tras ellos, la puerta se abrió solo unos centímetros. Los necesarios para que asomara un ojo enrojecido que se esforzó al máximo para centrarse en su retina.

El policía no dijo nada. Esperó.

–¿Qué quiere? –farfulló la mujer, una vez lo hubo reconocido.

Vicente Espinós puso la mano en la puerta. No la empujó porque se la hubiera llevado a ella por delante. Tan solo hizo un poco de presión, la justa. Loles se tuvo que apartar.

Pudo olerla desde allí, a pesar del metro escaso de distancia. Olía a vino peleón y a sudor.

Pero eso no era lo peor.

Lo peor era su imagen, con el cabello alborotado, la bata que apenas le cubría nada, aunque lo que mostraba tampoco era como para recrearse, los ojos cargados de rímel corrido, el maquillaje tan seco como los pantanos en España después de una sequía canicular, las uñas de las manos con el esmalte roto, toda su edad doblada en los pliegues de una vida castigada.

Ella también había vivido el viernes noche.

–Estoy buscando al Mosca –la informó tras echar también una ojeada por detrás de Loles, por los confines caóticos de la habitación, que más se asemejaba a una sucursal del infierno que a otra cosa.

–Yo, en cambio, ya he dejado de buscarle –rezongó la mujer.

–Según parece, estabais juntos.

–¿Quién es su informante, Humphrey Bogart? Porque muy al día no está, que digamos.

–¿Cuánto hace que no lo ves?

–Se largó hace un par de meses.

–¿Os peleasteis?

–Diferencias irreconciliables –manifestó Loles, siempre en el mismo tono y con la misma expresión.

–¿No me engañas?

–¿Por qué tendría que hacerlo? Es un idiota malnacido. ¿Qué ha hecho, inspector?

–Ha metido a una chica en un problema.

–¿Poli? –se llenó de dudas sin poderlo creer.

–No es un problema de esos. Ella está en coma por su culpa, y puede morir. Le vendió algo, ¿entiendes?

Pareció acusarlo. O tal vez no. Su cara seguía siendo una máscara. Vicente Espinós recordó que Loles tenía una hija. Adolescente.

–¿Tu hija se salió de la heroína? –preguntó de pronto.

Loles lo miró fijamente. La máscara se resquebrajó un poco. Le tembló el labio inferior.

–Mi hija murió hace dos años –dijo.

–Lo siento.

Siguieron mirándose, aunque ahora el tiempo dejó de tener validez para ambos. Más bien fue un pulso. La ingravidez del policía frente al desmoronamiento de la mujer. Algo muy impresionante la estaba aplastando de forma lenta pero implacable.

Por esta razón no esperaba aquello.

–Pensión Costa Roja –musitó Loles con un hilo de voz.

No pudo ni darle las gracias. Ella cerró la puerta sin despedirse.

34 (11 HORAS, 53 MINUTOS)

Máximo intentó abrir los ojos.

No pudo.

Intentó moverse, primero una mano, después una pierna.

No pudo.

Estaba dormido, lo sabía, pero maniatado, como si algo fallara entre el cerebro y sus terminaciones nerviosas. Y también estaba despierto, lo sabía, porque de lo contrario no hubiera podido pensar y darse cuenta de su imposibilidad de reaccionar.

Le había sucedido un par de veces, y siempre había sido angustioso.

Querer y no poder. Desear incluso gritar, llamar a alguien, pedir ayuda y sentirse muerto en vida.

Escuchó su propio gemido de impotencia.

¿Era eso lo que sentía Luciana?

Se le coló por la puerta de la razón. Luciana. Y eso le asustó aún más. Todo su ser se agitó, no física sino mentalmente. Un miedo atroz, silencioso, abrumador, le asaltó de arriba abajo. Sabía que tenía que guardar la calma, que era una pesadilla, que lo mejor era tranquilizarse y esperar. En unos segundos, todo volvería a la normalidad y podría abrir los ojos, moverse.

Pero unos segundos podían ser eternos a veces.

Se debatió en esa zozobra, aumentada mil, cien mil veces, por el fantasma de Luciana y por su propia realidad.

El miedo se hizo atroz, nunca había sentido tanto.

Dejó de luchar, vencido, arrastrado hacia la sima, y entonces despertó. Quedó tendido en la cama, con los ojos abiertos, empapado por el sudor, antes de ponerse en pie de un salto. Su corazón estaba desbocado, a mil pulsaciones por minuto. Miró la hora y pensó que su familia estaría sentándose a la mesa.

¿Y si salía, se sentaba con ellos y lo contaba todo?

No, no, mejor no, ¡qué estupidez! A su padre solo le faltaba eso.

Se acercó a la ventana y miró a través de ella.

La imagen de lo cotidiano, las casas, las ventanas, las calles, por primera vez, le pareció espantosa.

Y entonces supo que aquello solo era el comienzo.

35 (12 HORAS, 9 MINUTOS)

Santi se había quedado dormido finalmente, y sus suspiros, a veces, se convertían en ronquidos cargados de una paz que a ella le enturbiaba aún más los sentidos, porque el sueño de su novio la dejaba sola con sus propias pesadillas.

Así que se levantó.

Se acercó a la ventana y miró a través de una de las rendijas horizontales de la persiana. Por la calle casi no circulaban coches, y al otro lado, en las ventanas del edificio de enfrente, no se veía movimiento alguno.

La ciudad vivía encerrada en sí misma.

El mundo entero vivía cerrado en sí mismo.

Aunque detrás de cada ventana podría haber una tragedia, una lucha tal vez perdida de antemano, tal vez...

Cinta cerró los ojos. Nunca había pensado así, porque nunca hasta ahora se había tenido que enfrentar a nada semejante. Ni siquiera cuando murió su abuela. A fin de cuentas era mayor, y ya estaba muerta cuando llegaron ellos. Ahora todo era distinto, era como madurar de golpe. Un latigazo en mitad de la conciencia.

Volvió a abrir los ojos para no abandonarse a su depresión. Cada vez que los cerraba veía a Luciana cayendo al suelo en mitad de la pista de la discoteca. Los demás, dado lo abigarrado del espacio, casi la habían pisoteado. Tenía cada uno de aquellos espasmos grabado en la memoria.

–¡Luciana! ¡Luciana! ¿Qué te pasa? ¡Luciana!

–¡Va, tía, no hagas tonterías!

–¡Está ardiendo!

–¡Luciana!

–¡Que alguien llame a un médico! ¡Socorro!

La música seguía sonando, y sonando, y sonando, y los que los rodeaban lo miraban todo entre curiosos y sorprendidos, sonriendo, como si aquello fuese un juego.

–Menudo pedo.

–Si es que no aguantan.

–Sacadla fuera, tendrá un mal embarazo.

Más risas, más indiferencia.

No iba con ellos. Bailaban juntos, pero nadie conocía a nadie. Eran compartimentos estancos de un mismo barco. Ni siquiera eran conscientes de que en ese barco navegaban todos juntos.

Cinta abandonó la ventana, aunque su abatimiento la acompañó, no se quedó allí mirando a través de ella. Salió de la habitación y se dejó caer, agotada por ese simple esfuerzo, en una de las butacas de la sala comedor. El teléfono estaba a su lado.

No tenía más que descolgar y marcar un número.

Luciana tal vez ya estuviese bien, fuera del coma.

Fin de la pesadilla.

Tendió su mano en dirección al aparato, pero no llegó a ponerla sobre él.

–¿Y si ya estuviese muerta?

–Vamos, Loreto –dijo su padre–. Un coma es algo que puede durar días, o meses, pero de ahí a que en unas horas se produzca un desenlace fatal...

–Sea como sea he de ir, entendedlo.

El hombre y la mujer se miraron entre ellos, pero no llegaron a proferir palabra alguna.

–No me pasará nada –insistió ella.

–Puede ser un esfuerzo considerable –se arriesgó su madre.

–Cogeré un taxi. No me cansaré, de verdad.

–Hablaremos luego, ¿de acuerdo? Llamas por teléfono, y si sigue igual... –concedió su padre–. Ahora lo que debes hacer es comer de manera tranquila y no pensar en nada.

Su esposa le miró directamente, aunque ya era demasiado tarde. Los psiquiatras habían insistido en que no la forzaran, que no hablaran de obligaciones ni nada parecido, aunque tampoco se mostraran permisivos o falsamente indiferentes.

Sin embargo, la naturalidad era difícil de guardar cuando lo que veían ante sí no era más que el pálido reflejo de lo que un día había sido su hija.

Loreto miró la sopera, la fuente de carne, el pan, la ensalada. La necesidad de comer se le disparó en la mente. La avidez de su estómago le acentuó su habitual dolor de cabeza.

–¿Das tú las gracias hoy? –le preguntó la mujer a su marido cambiando rápidamente de conversación.

–¿Hija? –trasladó él el ofrecimiento a Loreto.

Ella vaciló solo un instante.

Después, los tres bajaron la cabeza y unieron sus manos.

–Te damos las gracias, Señor, por los alimentos que recibimos de tu bondad, y te pedimos por todos tus hijos, en especial aquellos que sufren –hizo una pausa muy breve, antes de continuar diciendo–, y te pido que ayudes a Luciana, Dios mío. Ayúdala a luchar y a ser firme en esta hora oscura, porque sin ti estará perdida. Ayúdala a encontrar el camino de regreso de las sombras. Te lo pedimos, Señor.

Sobrevino un largo segundo de silencio, mientras la emoción se apoderaba de ellos.

Pero incluso esa emoción quedó en un segundo plano cuando Loreto levantó la cabeza, suspiró, apretó las mandíbulas y, con determinación, se sirvió tres cazos de sopa. Luego introdujo la cuchara en el plato para empezar a tomarla con la mayor naturalidad.

Sus padres intentaron mantener la normalidad.

Después de todo, la clave era siempre el después, lo que hiciera ella con lo que hubiese ingerido.

—Está buena —dijo Loreto.

37 (14 HORAS, 26 MINUTOS)

Esther Salas no conseguía apartar los ojos de su hija y del complejo sistema de tubos y aparatos que la envolvía.

En aquellas pocas horas, había aprendido todo lo que tenía que aprender sobre la situación y sobre todo aquello que ahora la mantenía con vida de forma artificial. El tubo de la nariz era una sonda nasogástrica; el de la boca, un respirador para la ventilación asistida, que la unía a la bomba que le suministraba el aire. También sabía que un coma era la ruptura de las funciones cerebrales específicas, la abolición del movimiento, la sensibilidad y la movilidad. El doctor Pons y las enfermeras le habían dicho que, sobre todo, tratase a su hija como si ella realmente pudiera oírla, y que le hablase.

Lo habría hecho igualmente.

No estaba muerta, y si no estaba muerta es que estaba viva. Por lo tanto, podía oír. Estaba segura de ello.

Fue a cogerla de la mano...

Y entonces, todo en Luciana se disparó.

Fue tan fulminante que por un momento creyó que iba a volver a la vida. Pero inmediatamente se dio cuenta de la anormalidad en la siguiente fracción de segundo. Luciana se estiró y arqueó por completo, de una forma absolutamente antinatural y casi inverosímil, apoyándose tan solo en la nuca y los talones, con la espalda tan curvada hacia arriba que parecía que se le iba a romper. Todo su cuerpo fue presa de una tensión brutal.

—¡Luis! —gritó.

Su marido ya se había dado cuenta, lo mismo que Norma, aunque la chica se quedó inmóvil, atenazada. El hombre salió por la puerta gritando:

–¡Enfermera! ¡Enfermera!

La primera entró inmediatamente. Otras dos corrían ya hacia la habitación. Una cuarta llamaba al médico. El pequeño espacio se llenó de voces profesionales.

–¡Está en opistótonos!

–¡Rápido!

–¡Sujetadla!

El doctor Pons tardó en llegar lo que para Luis y Esther Salas era una eternidad. También reaccionó de manera fulminante, sin necesidad de consultar a las enfermeras que ya atendían a Luciana y procuraban que no se desconectara de las máquinas.

–¡Sulfato de magnesio intravenoso, ya!

Luciana continuaba arqueada, arrastrada por sus convulsiones espásticas. Sus padres contemplaron horrorizados la escena sin saber qué hacer o decir, lo mismo que Norma, que rompió a llorar.

La aguja hipodérmica se hundió en la carne de la paciente.

38 (14 HORAS, 27 MINUTOS)

Estoy al final de un camino y al comienzo de otro.

Puedo escoger.

Retroceder, para empezar de nuevo por el primer camino, o seguir, para ver qué hay en este.

Siento que una parte de mí me empuja hacia adelante, pero hay otra que me obliga a esperar y luchar.

Como luchan ellos.

Todos están ahí abajo, junto a mi cuerpo, tratando de salvarme, de conseguir que ese yo que ahora flota vuelva a mi otro yo físico. Los veo desesperarse, me inyectan cosas, se gritan unos a otros dándose órdenes, manipulan los aparatos. No saben que la decisión es mía.

Tengo la paz tan cerca...

Sin embargo, no quiero que sufran, y sé que están sufriendo. Papá, mamá, Norma, Eloy...

Sufren por mí porque me quieren, y si me voy... Si me dejo atrapar por esta paz...

Tal vez debiera luchar.

Siempre habrá una paz, pero no tengo más que una vida.

Esta vida.

Recuerdo la partida del último campeonato. ¡Oh, sí, sí, fue genial! ¡Qué maravilla! No solo fue la victoria, sino cómo la conseguí. Me sentí orgullosa de mí misma. Acorralada, sin mi reina, sin torres, sin el alfil blanco y sin el caballo negro, con un alfil y un caballo, y tres peones. Mi rival tenía todas las de ganar, pero resistí, paciente. Ella cometió un error, provocado por mí, y tras él...

Puede que esa sea la clave: luchar.

Sí, la paz estará siempre ahí, al final del camino, pero antes he de pasar por muchas batallas.

Ese es el sentido de la vida, de la partida. No rendirse.

No rendirse jamás.

Esperad... ¡Esperad! ¿Quién ha dicho que me estáis perdiendo?

Quiero volver. Aún no es el momento.

Quiero seguir con vosotros, mientras decido cuál ha de ser mi próximo movimiento.

Esperad...

He vuelto, estoy aquí, ¿notáis mi pulso?

Esperad...

39 (14 HORAS, 38 MINUTOS)

Al entrar por la puerta, todo cambió. Ella, la mujer que estaba detrás del pequeño mostrador, se puso en pie de un salto. Su camiseta ajustada, a pesar de que le sobraban bastantes kilos, era tan roja como el cuadro de una imaginaria costa que presidía la rudimentaria recepción. Poli se sintió por un momento como si estuviese delante de un gran semáforo en movimiento.

–¡Poli! ¡Poli! ¡Ay, menos mal que has llegado! –le disparó a bocajarro la mujer–. ¡Acaba de llamar una llorando, histérica, gritando que ella no quería, pero que...!

–Espera –intentó contenerla–. ¿Quién ha llamado?

–¿Qué más da? –casi le gritó saliendo de detrás del mostrador de recepción de la pensión–. ¡El caso es que debes largarte! ¡Pueden llegar de un momento a otro!

–¿Quién?

–¡La policía! ¿Quién va a ser, maldita sea? –le empujó hacia la puerta–. ¡Están en camino! ¡Un tal Espina, o Espinosa, no recuerdo bien! ¡Yo te guardaré tus cosas, tranquilo!

Poli García ya no luchó contra la desaforada masa de nervios que le sacaba a empujones del lugar. Por puro instinto de supervivencia, miró hacia la calle, como si esperase ver aparecer el coche de policía de un momento a otro. Luego miró hacia arriba, donde, también de forma real pero imaginaria para él, debía hallarse el descanso discreto que formaban las cuatro paredes de su habitación.

Ella tenía razón. Si subía a por algo, se arriesgaba a verse atrapado.

No quedaba tiempo.

–¡Mierda, Eulalia, mierda! –gritó a modo de exclamación.

–¡Lárgate ya! –le apremió en la calle–. ¡Telefonéame antes de volver! ¡Si digo tu nombre, es que no hay moros en la costa, pero si no lo digo, es que hay problemas!, ¿vale?

–¡Te debo una! –le gritó él antes de echar a correr.

–¡Ay, Dios, Dios! –le despidieron la voz y el gesto dramático de Eulalia antes de que desapareciera y exclamase, más bien para sí misma, igual que una madre preocupada–: ¡A saber en qué líos te habrás metido ahora, hombre!

40 (14 HORAS, 40 MINUTOS)

Loreto entró en el cuarto de baño y cerró la puerta. Inmediatamente después, pegó la oreja a la madera.

No tuvo que esperar demasiado.

No les oía hablar con claridad, aunque sí supo que lo estaban haciendo por el tono de sus voces, ahogadas por los cuchicheos y la distancia. También reconocía el tono de su previsible discusión. Ahora su madre solía entrar en el baño sin llamar a la puerta, para tratar de sorprenderla si vomitaba. Las últimas peleas y las últimas lágrimas maternas habían sido por esa causa. Al menos, antes del ultimátum del psiquiatra.

Tanto tiempo vomitando, vomitando, vomitando...

El psiquiatra le dijo que todo dependía de ella misma. Si continuaba, pronto dejaría de vomitar. Ya no podría.

Estaría muerta.

No quería morir, pero su hambre incontrolada, el miedo a engordar, la sensación de impotencia y frustración, aún eran superiores a ella.

Nadie se acercó a la puerta. El cuchicheo subió de tono, alcanzó un clímax y después cesó. Creyó escuchar palabras como «confianza» y fragmentos de frases sueltas como «no presionarla» o «vamos a esperar, nos prometió...».

Promesas, promesas. Todas desaparecían al acabar de comer. Entonces quedaba ella, solo ella frente a sí misma.

Casi instintivamente, como el drogadicto que busca la aguja de forma inconsciente para hundírsela en la vena, se llevó los dedos a la boca.

Los introdujo hasta la garganta.

Y sintió la primera arcada.

Había comido en exceso: sopa, carne, ensalada, pan, postre. Sería fácil devolverlo todo.

Bastarían unos segundos. Como siempre.

Sin ruido.

La arcada aumentó.

Se acercó al inodoro. Se arrodilló delante de él. Inclinó la cabeza.

Pero de pronto se vio a sí misma reflejada en el pequeño lago quieto formado por el agua clara y transparente del fondo del inodoro, al otro lado de la cual desaparecía el conducto, rumbo a las cloacas.

Ella.

No... De pronto dejó de verse a sí misma.

Se convirtió en Luciana.

Tuvo un espasmo, un estremecimiento, pero no debido a la presión de los dedos o a causa de otra nueva arcada. Fue como si un grito silencioso acabase de estallar en su interior.

Luciana.

Loreto nunca hubiese gritado; Luciana, sí.

Cerró los ojos y volvió a abrirlos, un par de veces. Esperó, pero la imagen no desapareció, no volvió a ser la suya.

Despacio, muy despacio, apartó los dedos del fondo de su boca, hasta sacarlos de ella.

Entonces, la imagen volvió a ser la suya.

Se dejó caer hacia atrás temblando, sentándose en el suelo del cuarto de baño, aturdida. Luego se llevó las manos a la cabeza. No era una guerra, era algo mucho peor. Dos personas peleándose en su interior.

Corazón dividido, cerebro dividido, vida dividida.

–¡Vomita!

–¡No lo hagas!

Ella... y Luciana.

De algún lugar sacó las fuerzas, no supo de dónde. Lo único que fue pudo recordar de los dos o tres minutos siguientes fue que, tras permanecer en el suelo un tiempo indefinido, se levantó para salir como un rayo del baño, alejándose del influjo hechizante de su reclamo.

Y lo había conseguido sola.

Por primera vez.

Sola o con el espectro de Luciana reflejado allí abajo, aunque la decisión final seguía siendo suya, y eso era lo más importante. Se encontró con sus padres, llenos de ansiedad, pero no hizo falta que les dijera nada. El ruido de la cisterna no había sonado. Así que se metió en su habitación temblando, asustada por su éxito, más asustada de lo que nunca había estado en la vida.

41 (14 HORAS, 45 MINUTOS)

Juan Pons entró en la sala tratando de que su rostro reflejara una esperanza que difícilmente podía transmitirles. Al verle aparecer, los padres de Luciana se levantaron y fueron también hacia él. Antes de que la mujer pudiera hablar, lo hizo el médico.

–La hemos estabilizado –informó.

–¡Oh, Dios mío! –Esther Salas se llevó una mano a los labios.

–Entonces... –vaciló Luis Salas.

–Todo ha vuelto a la normalidad, si es que podemos hablar de normalidad en su estado –explicó el médico–. Sigue el coma, y sus constantes vitales se mantienen, pero la crisis ha pasado.

–¿Son normales este tipo de complicaciones? –quiso saber el padre de Luciana.

–No hay una respuesta exacta para esto, señor Salas –dijo el médico midiendo las palabras–. Hacemos todo lo que podemos, pero a veces, aunque les cueste creerlo, no sabemos contra qué estamos luchando. Ya le dije que su hija puede despertar en cuarenta y ocho horas, seguir así o...

–Ella es fuerte –aseguró su madre.

–Ignoramos lo que pueda haber en su mente ahora mismo. Tal vez sea consciente de algo, y luche, o tal vez no. Un coma no es más que un largo sueño, y también un delgado cordón umbilical doble que une al paciente con la vida y con la muerte, un cordón muy frágil en ambos sentidos. Lo que sí está claro es que tal vez no resista otra crisis como la que acaba de tener.

–¡Oh, no! –tembló ella.

–Miren, he de ser sincero con ustedes –el doctor Pons buscó los ojos del hombre para apoyarse en su aparente mayor dominio, aunque sabía que Luis Salas estaba tan destrozado como su esposa–. Las próximas horas serán decisivas, quiero que lo sepan. Me gustaría que lo entendieran y que se prepararan para lo que pueda suceder.

–Díganos la verdad –pidió el padre de Luciana.

–Se la estoy diciendo. Por esa razón les hablo ahora y no después, cuando ya no haya nada que hacer. Hay un riesgo de que muera, y en tal caso es mi deber preguntarles si estarían dispuestos a donar sus órganos.

–¡No!

La reacción de Esther Salas fue instantánea, fulminante.

–Señora...

–¡No quiero que la troceen y...! ¡No, no, no! –se negó a escuchar más y se llevó las manos a los oídos.

Luis Salas bajó los ojos. Su voz sonó como si hablara desde el suelo.

–¿Tenemos que contestarle ahora? –preguntó.

–¡Luis! –gimió su esposa.

–No, claro que no –suspiró Juan Pons–. La urgencia es siempre para los que esperan vivir con los órganos de los que se van. Lamento haber parecido...

Era su trabajo, y la conversación tenía para él muchos ecos habituales. Pero aun así, no se acostumbraba a ellos. Nunca lo haría. Todos los padres, igual que los hijos, tenían un rostro propio, inolvidable. Todos, tanto los que veía morir y llorar como los que veía vivir y reír.

–¿Se encuentra bien, señora Salas?

Era una pregunta sin sentido; por eso, ella no le respondió.

Mariano Zapata había estado esperando el momento oportuno, y de pronto lo tenía a su alcance, fácil, rápido.

Después del susto y la crisis, con la chica solo estaba su hermana. La enfermera acababa de irse tras dejarlo todo en orden. Las demás bastante tenían con tener controlados a todos los pacientes que estaban a su cargo.

Aunque sabía que los padres volverían enseguida, y lo más probable fuera que ya no se apartaran del lado de su hija.

No esperó más. El secreto del éxito periodístico era lanzarse siempre, arriesgarse.

Después de todo, Norma ya lo conocía, habían estado hablando, se la había ganado, confiaba en él.

Metió la cabeza por la puerta de la habitación de Luciana.

–¿Norma?

–¿Sí?

Pareció asustarse. Estaba muy concentrada mirando a su hermana mayor. Casi hechizada por aquella imagen tan triste y dramática, con los ojos cerrados y la boca abierta, conectada a todos los aparatos que la mantenían con vida. Respiró con ansiedad tras la ruptura de su silencio.

–Tus padres te llaman, creo que han de consultarte algo –le dijo.

Norma se levantó.

–¿Dónde están?

–En la sala de espera, al final del pasillo, ya sabes. Creo que el médico está con ellos.

–¡Oh, no! –gimió asustada Norma.

–No creo que sea nada grave, no temas. Como ves, ya está fuera de peligro.

–Gracias.

Pasó por su lado, salió de la habitación y echó a correr por el pasillo.

Apenas había dado dos pasos, de espaldas a él, cuando Mariano Zapata ya había sacado la pequeña cámara del bolsillo de su cazadora. Al tercer paso de Norma, el periodista entró en la habitación.

Hizo una, dos, tres fotografías rápidas. La primera a los pies de la cama, las otras dos de cerca, muy de cerca. Por el ojo de su objetivo pudo ver a Luciana llenando la cámara, impregnándole de su realidad.

Como impregnaría la portada del periódico y las conciencias de sus lectores.

Unas fotografías que probablemente también se publicarían en otros países con la misma problemática.

Salió justo a tiempo. La enfermera volvió a entrar en la habitación, cruzándose con él un poco más allá de la puerta.

–¡Eh, oiga! –le llamó la mujer, extrañada.

Pero Mariano Zapata ya no se detuvo.

Tenía todo lo que necesitaba.

43 (15 HORAS)

Eloy se sintió cansado y abatido; en primer lugar, por las pocas e incómodas horas que había logrado dormir durante la noche, y en segundo lugar, por el fracaso de sus pesquisas.

Raúl podía estar en cualquier parte.

En una fiesta privada, o bailando en una nave recién estrenada o en cualquiera de los muchos *after hours* ilegales que proliferaban para los que querían bailar setenta y dos horas seguidas. Era como buscar una aguja en un pajar.

Entró en una cafetería. Necesitaba un café para no desfallecer víctima de los nervios o del cansancio, aunque sabía que si se detenía un segundo, un solo segundo, y pensaba en Luciana, sería peor.

Bastante duro era llevar esa imagen en su mente. Pero más duro sería llevarla durante el resto de su vida.

La imagen de la persona que más quería en estado de coma, convertida en una muerta viviente. Precisamente él, que quería ser médico. Qué extraña paradoja del destino.

–Un café, por favor.

–¡Marchando!

El camarero empezó a manipular la cafetera. Un cliente, a su lado, en la barra, le dirigió una mirada ocasional. Se sentía muy raro. Tenía percepciones de la realidad muy distintas, nuevas. Le costaba creer que el mundo siguiera como si nada. Podía entender que Loreto, por ejemplo, estuviese enferma. Pero lo de Luciana, no.

Eso no.

La confusión y el aturdimiento se acentuaron.

Hasta que el café aterrizó delante de sus manos.

Sin embargo, no fue por él. La reacción se la produjo el cliente de la barra, cuando de pronto levantó la voz y llamó la atención del camarero diciendo:

—Paco, ponme otra.

Eloy tuvo el flash. Ana y Paco. Ellos también estaban allí. Verdaderamente, no eran más que dos zumbados que ya lo habían probado todo en la vida, pese a su corta edad, yendo siempre a contracorriente. Pero lo importante era que sabía dónde vivían, y eran amigos de Raúl.

Eran su última oportunidad.

44 (15 HORAS, 18 MINUTOS)

La pensión Costa Roja era tanto o más destartalada que la pensión Ágata. O bien el Mosca protegía su identidad saltando de un lado a otro, sin dar muestras de estar vivo y menos de tener algún dinero, o bien lo de vender como camello no le daba para más.

Lo primero que vio Vicente Espinós al entrar fue el cuadro sobre el pequeño mostrador de recepción, si es que podía llamarse así. Lo segundo, la inmensidad de la que estaba tras él, embutida en una camiseta roja a punto de reventar.

La dueña de la camiseta lo miró con precaución. Evidentemente, no parecía un posible huésped.

—Inspector Espinós —le mostró la credencial—. ¿Está Policarpo García?

—¿El señor García? —repitió la mujer, insegura.

—El señor García —insistió él.

—No, no está.

—¿Cómo se llama usted?

—Eulalia Rodríguez Espartero, para servirle.

—Me bastaba con el nombre, Eulalia, pero puesto que está dispuesta a servirme, hágalo. ¿Adónde ha ido?

—No lo sé. Ahí está su llave, ¿ve? La número nueve.

Colgaba de un clavo en la pared, a su derecha.

—¿Volverá?

—Tampoco lo sé. A veces está un par de noches fuera.

–¿Cuándo lo vio por última vez?

–Ayer a mediodía, o a primera hora de la tarde. No ha pasado la noche aquí.

Vicente Espinós alargó la mano. Cogió la llave.

–No le importará que suba a su habitación, ¿verdad? Y no me pregunte si traigo una orden de registro, porque esa chorrada solo pasa en las películas americanas. Todo el mundo ve demasiadas películas americanas, hasta los delincuentes.

–¡Oh, no, claro...! –asintió Eulalia–. Encantada de colaborar. Puede subir, aunque le agradecería que...

–Descuide. No tocaré nada.

–Es que no quisiera que el señor García se enfadara, ¿sabe usted? Es una buena persona. No sé qué puede...

La dejó hablando y subió la destartalada escalera sin prisas, por si acaso. Los que corrían se encontraban antes con las balas, y no había ninguna necesidad de tener prisa para algo así. Llegó a un pasillo mal iluminado y encontró la habitación número nueve a los dos pasos. Introdujo la llave en el ojo de la cerradura y abrió la puerta.

El Mosca no nadaba en la abundancia precisamente.

Había un par de pantalones, algo de ropa interior, un par de camisas y una chaqueta. Eso era todo. No había nada más, salvo un despertador, una revista erótica y una vieja fotografía de una mujer mayor.

–Hasta los delincuentes tienen madre –dijo el policía en voz alta.

Ni rastro de pastillas. El Mosca las llevaba encima.

Abrió los cajones del armario empotrado y de la mesita de noche. Fue en esta última donde encontró un listado escrito a máquina.

Discotecas, pubs, *after hours* y clubes privados, junto a fechas, anotaciones y algunas marcas.

Le echó una rápida ojeada. Al lado de la mayoría de los nombres escritos había una cifra. No hacía falta ser muy listo para saber que era el número de pastillas vendidas en cada local. Una extraña forma de llevar la contabilidad. Las otras anotaciones correspondían a días de la semana. Se detuvo en cinco locales en concreto: Calígula Ciego, Popes, La Mirinda, El Peñón de Gabriltar y Marcha Atrás. Escrita a mano, junto a todos ellos, pudo leer la palabra «sábado».

Sábado.

Podía ser este sábado, o tal vez otro.

De no ser porque junto al nombre de Pandora's la palabra escrita era «viernes». Los leyó todos. «Viernes» aparecía escrito junto a otros tres locales.

Tal vez fuera algún indicio. Tal vez ya no lo fuera. Dependía del Mosca. Aun así, sacó una pluma de la chaqueta y un bloc de notas del bolsillo, y copió los nombres de los locales junto a los que se leía «viernes» y «sábado». Dejó el listado en el mismo cajón y en la misma posición y salió de la habitación.

Eulalia seguía en el mismo sitio, como si no se hubiera movido y estuviese pegada al suelo.

45 (15 HORAS, 42 MINUTOS)

Máximo salió de su habitación tras haberse duchado y cambiado de ropa. La ducha le había despejado y serenado las ideas. Se sentía mejor, más fresco, pero no quería seguir en casa. En su habitación todo eran fantasmas azuzándole, y fuera de ella estaban sus padres, sobre todo su padre.

—Vaya, ¿ya vuelves a irte?

¿Lo espiaban? ¿Tenían ojos en la nuca? Creía que estaban viendo la tele, y había tratado de no hacer ningún ruido al salir.

—Voy a dar una vuelta —dijo—, pero volveré temprano.

—¿A qué llamas tú temprano?

Apareció su madre. Salía de la cocina. Se pasaba el día en la cocina.

—Temprano —repitió él—. Esta noche no voy a salir.

—¡Oh, qué bien, gracias! —se burló el padre.

—¿Pero vendrás a cenar? —preguntó su madre.

—No lo sé —trató de no perder la paciencia—. Puede que sí y puede que no, pero no voy a salir. Lo mismo llego a las diez que a las doce.

—O las dos o las tres. Eso también es temprano para vosotros.

Volvió el agobio, solo que no tenía fuerzas para discutir. Cuando se enteraran de lo de Luciana, y se enterarían, aunque conocieran a los padres de sus amigos, se llevarían un buen disgusto. Sería un palo.

—Voy a ver a Loreto —mintió.

–¿La bulímica? –se interesó su madre.

–Sí.

Un día, un par de semanas antes, se lo contó a su madre, para hablar de algo. Ella se puso inmediatamente en su papel de madre sufridora, identificándose con el dolor de la madre de Loreto. Algo muy propio.

–Estáis todos locos –rezongó su padre dándole la espalda para volver a la sala, junto al televisor.

Iba a decirle que no más que él, yendo cada domingo al fútbol y gritando como un poseso a un tipo vestido de negro y a veintidós mendas en pantalón corto que se mataban por una bola mientras ganaban una pasta por ello. Pero no lo hizo. No valía la pena.

Su madre le acompañó a la puerta.

–Dale recuerdos a esa chica, y anímala para que coma.

No se molestó en volverle a explicar que bulimia y anorexia eran cosas distintas. Bajó la escalera sintiéndose libre y, al llegar a la calle, supo que seguía sin saber qué hacer ni adónde ir.

Entonces pensó en Cinta.

Sus padres estaban siempre fuera el fin de semana. Tenían otra casa. Ella estaría allí, tal vez durmiendo, pero al menos era un lugar seguro y tranquilo.

Y no se lo pensó dos veces.

46 (15 HORAS, 53 MINUTOS)

Santi abrió los ojos.

De alguna forma supo que le había despertado el silencio, más estruendoso en ocasiones que mil sonidos distintos e incluso que una explosión. Y el silencio en casa de Cinta era muy intenso, estaba cargado de sensaciones y presagios.

Miró a su alrededor: las paredes estaban llenas de pósteres y fotografías, la ropa tirada por el suelo formando montones; el desorden natural de cualquier habitación. Luego miró el vacío en la cama, a su lado, donde antes había estado el cuerpo de su novia. Se desperezó y quedó boca arriba unos segundos, no demasiados. El mismo silencio aterrador con la imagen de Luciana en sus pensamientos le obligó a levantarse. Iba en calzoncillos, pero no se molestó en ponerse los pantalones. Salió de la habitación y se metió en el baño, para lavarse la cara y refrescarse la nuca. Se sintió un poco mejor tras ello, y entonces buscó a Cinta.

No tuvo que buscar mucho; tampoco era difícil, a pesar de que el piso era bastante grande. La encontró en la sala, acurrucada, sentada en cuclillas en una butaca, abrazada a sus propias piernas desnudas, con la cabeza apoyada en las rodillas y la mirada perdida.

Le pareció especialmente sexy, un sueño, hermosa y sugestiva.

No tenía más que alargar una mano y tocarla.

Pero no lo hizo.

Una barrera invisible los separaba de forma más implacable que si hubiera sido de piedras y cemento. Cinta sabía que él estaba allí, de pie, y sin embargo no se movió ni un ápice. Nada. Siguió en la misma posición, con la mirada perdida.

Santi sintió el peso de una culpa muy grande aplastándolo.

El mismo peso y la misma culpa que la estaban aplastando a ella.

No habló, no dijo nada. Se sentó en la otra butaca, o más bien se tendió en ella, con los pies colgando por uno de los lados y la cabeza apoyada en el otro. Y dejó perdida su mirada en el techo. Los minutos comenzaron a devorarlos como termitas.

47 (16 HORAS, 3 MINUTOS)

Luis Salas apartó la mirada de su hija y la fijó en su mujer, que seguía como hipnotizada. Norma acababa de salir una vez más, incapaz de quedarse quieta, asustada y al mismo tiempo nerviosa por aquel caos de emociones y sensaciones. Le cogió una mano a su mujer y se la presionó suavemente.

Fue una llamada.

Pero Esther Salas no la atendió.

−Esther −musitó él finalmente.

No hubo respuesta.

−Esther −repitió−. Tenemos que hablar.

−¿De qué?

−De todo esto.

−No.

−Creo que sí. Tenemos que decidir algo.

−No −repitió ella con mayor determinación.

–Debemos confiar, esperar, y estaremos con ella aunque pase así días, o semanas, o meses –se negó a decir la palabra «años»–. Pero el doctor tiene razón. Si se produce lo irremediable...

–No quiero que la destrocen. Es mi hija.

–Querida...

–¡Está viva! –gritó sin levantar la voz, en su mismo cuchicheo–. No quiero oír hablar de eso.

–Vamos, por favor, cálmate –la presión de la mano se acentuó.

Hasta que ella la apartó de las suyas.

–Tú estás de acuerdo, ¿verdad?

Se enfrentó a los ojos de su esposa.

–Sí –manifestó, agotado pero decidido.

–¿Por qué?

–Porque es mi hija, y tiene un corazón, un hígado, dos riñones, dos córneas... Y porque si ella muere, me gustaría pensar que sigue viva en otras cinco personas, tal vez cinco chicas como ella.

Esther Salas ya no lloraba. Desde la crisis ya no lloraba.

–A veces...

–¿Qué? –la alentó para que siguiera al ver que se detenía.

–No, nada –bajó los ojos un momento antes de volver a fijarlos en el cuerpo de Luciana.

Luis Salas respetó su silencio.

Lo rompió de nuevo su esposa unos segundos después.

–¿Y si nos está oyendo? –susurró.

–Sabe que estamos aquí.

–Sí, pero ¿y si nos está oyendo?

–Luciana siempre ha sido una gran chica, tiene un corazón de oro. Todo el mundo lo sabe.

Esther Salas suspiró.

Su marido supo que era tanto una derrota como un implícito reconocimiento de la realidad de cuanto habían estado hablando.

48 (16 HORAS, 5 MINUTOS)

Os oigo.

Claro que os oigo.

Ni siquiera hace falta que habléis. Puedo escuchar vuestros pensamientos. Y no me duelen. Tampoco me llenan de alegría. Aquí las emo-

ciones, las sensaciones, son distintas. Puedo razonar sin presiones, como nunca lo había hecho. En cambio, sí me importa vuestro dolor, pero deberíais saber que estoy bien.

Y si abandono mi cuerpo al final del camino... por supuesto, ¿para qué necesitaré ya mi corazón o mis riñones?

Lo único que querría es tener un instante final de lucidez, solo eso, para deciros que os quiero, aunque vosotros ya lo sabéis, y para decírselo a Eloy, que tal vez crea que ya no es así. Solo quiero un instante. Un instante final.

Aunque temo que baste ese simple segundo para sentir el dolor que no siento ahora.

No me gusta el dolor.

Tal vez por ello, no quiero volver.

Ese es mi último miedo.

Me toca mover. Pasa el tiempo y la partida está en tablas. Pero me toca mover. Mi rival acaba de lanzar un ataque sobre las posiciones de mi rey y mi reina. Es una situación comprometida. Debo hacerlo. Puedo sacrificar una torre para escapar, o meditar detenidamente mi propio ataque, lanzando el caballo sobre su alfil. ¿Y ese peón? Cuidado. Mi rival es bueno. Es el mejor que he tenido nunca.

Porque ahora sé cómo es.

Sé quién es.

Le he visto la cara.

Mi rival es la muerte, y juega a ganar.

49 (16 HORAS, 17 MINUTOS)

Tuvo que llamar al timbre media docena de veces, y aporrear la puerta con los puños, hasta conseguir despertarlos. Cuando ya creía no poder hacerlo, escuchó un ruido al otro lado de la madera. Y una voz.

—¡Ya va! ¡Ya va!

Le abrió Ana. No se había preocupado mucho de taparse. Llevaba una bata corta mal anudada por encima de su desnudez. Después de todo, lo raro era que se hubiera puesto la bata, porque Ana era de las que pasaban de convencionalismos. En eso le ganaba a Paco. La modernidad por montera. El estímulo de la contracorriente. La rebeldía de los que no tienen ninguna rebeldía, salvo vivir.

Vivir para pasarlo bien.

—¿Eloy? —lo reconoció a duras penas entre las brumas de su sopor—. ¿Qué haces aquí?

—Tengo que hablar con vosotros.

—¿Estás loco? ¿Qué hora es?

Eran aves nocturnas, así que el día les producía sarpullidos, y más aún los fines de semana. Tal vez se volvieran de piedra y se deshicieran, convirtiéndose en un montón de cenizas, como Drácula.

Eloy entró decidido, sin esperar una invitación. Ana cerró la puerta, indecisa, y le siguió como si flotara, sin entender qué pasaba. El pequeño apartamento era un museo barroco mal arreglado, con velitas, símbolos de todas clases, desde el *yin* y el *yang* y pósteres hindúes hasta objetos de diseño, luces en el suelo o un mueble del más puro estilo *art déco*. No faltaba la ropa tirada por el suelo. Al fin y al cabo, Ana tenía dieciocho años, y Paco no había llegado aún a los veinte.

—¡Paco! —llamó Eloy.

—¡No grites! —Ana se llevó las manos a los oídos.

—¿Te has tomado un *valium*, o es pura y simple resaca?

—¡Eh, qué pasa contigo! —protestó ella.

Entró en la única puerta que estaba medio cerrada, y se encontró con el colchón en el suelo y a Paco tendido sobre él, boca abajo. Se sintió irritado por la escena, sin saber por qué.

—Vamos, Paco, despierta.

La respuesta fue un bufido.

Así que le apartó la sábana y, tras arrodillarse a su lado, lo zarandeó.

—¿Qué haces? —protestó Ana, despejándose más rápidamente al comprender que pasaba algo.

Paco acabó abriendo los ojos. Miró a Eloy y frunció el ceño. Luego la miró a ella. Ana también se había arrodillado junto a Eloy, para impedirle seguir. El silencio fue muy breve.

—¡Luciana está en coma!, ¿vale? —les soltó a bocajarro—. Ahora quiero que me digáis si tenéis alguna pastilla como la que ella se tomó anoche.

Tardaron en reaccionar. Las palabras tenían que atravesar una espesa masa de algodón hasta llegar a su cerebro.

—¿Qué? —balbuceó Paco.

–¡Luciana está en coma! –gritó Eloy, aún más fuerte–. ¡Se tomó una mierda y le sentó mal! ¡La misma mierda que os tomasteis vosotros y que se tomaron los demás! ¿Lo cogéis ahora?

Lo cogían, pero a cámara lenta.

–Pero si...

–Nos fuimos y ella...

–¿Tenéis una pastilla de esas?

–No –dijo Ana.

–¿Para qué vamos a tener una...? No hay ningún problema en comprarla después, donde vayamos.

Ningún problema.

–¿Dónde puedo encontrar a Raúl?

–¿Para qué...?

–Porque él fue quien las consiguió. Me lo dijo Máximo. Venga, ¿dónde puede estar a esta hora un sábado por la tarde?

–Raúl... –siguió espeso Paco.

–¡Vamos, vamos, joder! –le zarandeó Eloy.

–¡Déjale en paz!, ¿quieres? –le defendió Ana–. ¡Iba a una privada! ¡Nos dijo si queríamos ir, pero pasamos, porque yo no me encontraba bien y prefería salir esta noche!

–¿Dónde está esa privada?

–¡En una nave abandonada, cerca de las viejas fábricas, al lado de la estación! ¡Y no grites más, coño!

–¿Cómo la reconozco? ¡Ahí hay varias fábricas! ¡Las están echando abajo!

–¡Tiene el techo plano y un rótulo rojo en la puerta, Hilos de no sé qué, o algo parecido! –Paco se llevó una mano a la cabeza, como si fuese a estallarle.

–Al lado hay una con una chimenea muy alta, ¡no tiene pérdida! –tomó el relevo Ana.

Era suficiente. Se puso en pie, jadeando, y se dirigió a la puerta para no perder ni un minuto más. Iba a traspasarla cuando escuchó de nuevo la voz de Ana a su espalda. Ya no gritaba.

–Eloy –le detuvo.

Él la miró.

–¿Es... grave? –preguntó la muchacha.

–Ya os lo he dicho: está en coma. Tuvo un golpe de calor.

Ana cerró los ojos.

Y Eloy se marchó sin esperar más.

Al salir del ascensor y asomarse al portal, se encontró con la portera, que no ocultó su alegría al verla.

–¡Loreto, hija!

–Hola, señora Carmen.

–¿Cómo estás? ¡Tienes mucho mejor aspecto!

Mentía, pero no era una mujer chismosa. A lo sumo, como cualquier vecina de las que la conocían de toda la vida. Pasó por su lado dispuesta a no darle conversación.

–Sí, estoy muy bien –afirmó ella.

–¿De paseo?

–Hace muy buena tarde, ¿verdad?

–Muy buena, y todavía no hace nada de calor. Se está muy bien.

–Bueno, adiós.

Salió a la calle sin detenerse. Sabía que sus padres estarían asomados al balcón, mirándola, así que no se le ocurrió levantar la cabeza. Lo único que hizo fue llegar a la calzada y mirar a derecha e izquierda, por si veía un taxi.

Luego se dirigió a la izquierda, hacia la avenida.

A mitad de camino las vio.

Una era una mujer de mediana edad, obesa; mejor dicho, gorda, absoluta y rematadamente gorda, sin medias tintas; con unos brazos rollizos, unas piernas enormes, un vientre abultado y dos gigantescos senos sobre él. La otra podía ser su hija, o una amiga, porque era más joven, mucho más joven, pero estaba igualmente gorda para sus años, con la diferencia de que, a causa de ellos, lucía un espléndido escote, sin complejos.

Lo más curioso era que iban por la calle comiéndose un fantástico helado.

Y riendo.

Reían sin parar abriendo la boca, ofreciendo toda su abundante felicidad a los que, como ella, las miraban por la calle.

Loreto las vio pasar, alejarse, darle lametones al helado, reírse.

Como si tal cosa.

Felices.

Ella, con solo un par de kilos de más, había empezado sus regímenes a los trece años, y ese fue el comienzo, el detonante. Después, las frustraciones, la culpabilidad, el progresivo hundimiento de su ánimo, el hallazgo de los vómitos como remedio para su hambre, las ganas de morirse, el delicado equilibrio de todo un mundo que acabó convergiendo exclusivamente en sí misma y en sus dos únicas acciones, comer y devolver, y así, el inexorable declinar hacia el abismo.

Apartó esos recuerdos de su mente. Y le dio la espalda a aquellas dos mujeres.

Ahora solo contaba Luciana.

Tenía que verla. Saber.

Era como si el futuro se concentrara de pronto en ese punto inmediato, y en nada más.

Levantó una mano al ver el primer taxi con la luz verde encendida.

–¡Taxi!

Y cuando entró en él, casi sin darse cuenta, miró un instante hacia su casa, al balcón de su piso. Lo justo para ver a su padre y a su madre allí, quietos, observando sus movimientos con atención, como hacían a cada momento fingiendo no hacerlo desde que la crisis había sido ya tan irremediable que el desenlace parecía aterradoramente próximo.

51 (16 HORAS, 49 MINUTOS)

Máximo llamó al portero automático y no tuvo tiempo de preguntarse si había cometido una estupidez yendo hasta allí. La voz de Cinta sonó por el interfono.

–¿Sí?

–Soy yo, abre.

–¡Menudo susto nos has dado, tío! –exclamó la voz antes de oírse el zumbido de la puerta al ser abierta.

«¿Nos?». Eso quería decir que Santi estaba allí también. Mejor. Los tres juntos podrían pensar algo. Por lo menos podrían compartir la inquietud y apoyarse mutuamente.

Subió al piso y, al salir del ascensor, se encontró con la puerta abierta. Entró. Santi apareció en el pasillo, en calzoncillos. Cinta no estaba.

–Oye, no estaríais... –lamentó de pronto.

–Sí, hombre –suspiró Santi–. Para eso estamos.

–¿Y Cinta?

–Vistiéndose.

–¿Creíais que eran sus padres?

–Ellos tienen llave, pero como no esperaba a nadie, y menos a esta hora... ¿Sabes algo?

–No, nada. He estado en casa. ¿Y vosotros?

–Tampoco sabemos nada.

Cinta salió de su habitación abrochándose los vaqueros. Llevaba una camisa suelta por encima.

–¿Sabes algo? –repitió la pregunta de su novio sin darse cuenta.

–No, ya le he dicho a Santi que he estado en casa, y no he querido llamar al hospital para no tener que explicarles nada a mis padres. Solo hubiera faltado eso.

–Ya.

–¿Habéis dormido?

–Este un poco, aunque no sé cómo ha podido –dijo Cinta señalando a Santi con el dedo.

–Yo es que estoy como... –no encontró la palabra adecuada para referirse a su estado.

–Como nosotros –terminó Santi.

–¿Qué hacemos?

Estaban en la sala. Máximo esperó una respuesta que no llegó. Cinta volvió a dejarse caer sobre la butaca. Santi se cruzó de brazos.

–Oye, vístete, ¿no? –le reprochó Cinta–. A ver si aún vas a tener que salir por la ventana.

–Vale, vale.

Pero no se movió, y los tres se miraron de nuevo el uno al otro, hasta que Máximo repitió la pregunta.

–¿Qué hacemos?

52 (16 HORAS, 52 MINUTOS)

Vicente Espinós cogió el teléfono y marcó el número del hospital. El sonido del teclado al pulsarlo, extrañamente audible, le hizo recordar que era sábado por la tarde y que no había mucha gente en comisaría, como si los sábados ellos, los protectores de la ley, tuviesen vacaciones.

–¿Hospital Clínico? –dijo una voz.

–Inspector Espinós. Con el doctor Pons, por favor.

–El doctor Pons ha salido ya, señor.

–Pues con alguien que atienda a Luciana Salas.

–¿Luciana Salas? Un momento, no se retire.

No tuvo que esperar demasiado. Una voz femenina tomó el relevo de la anterior. Ni siquiera preguntó quién era. Desde luego, no se trataba de la madre de la chica.

–Soy el inspector Espinós. Llamaba para saber el estado de Luciana Salas.

–Sigue igual, señor inspector, aunque hemos estado a punto de perderla hace un rato. Ahora está estabilizada.

–Gracias –suspiró.

Colgó el aparato y miró los nombres anotados en su libreta, los que había copiado del listado hallado en la habitación del Mosca. Se los sabía de memoria, pero los repitió una vez más.

–¡Roca! –llamó de pronto.

Lorenzo Roca apareció ante él. Era alto y delgado, de nariz prominente y ojos saltones, de la nueva escuela, un buen policía. Casado, con hijos, pero tenía futuro, eso sí. Llegaría lejos.

–Mírame dónde están esos cinco locales, haz el favor –le pidió.

–Enseguida, jefe.

Lo vio alejarse en dirección a su mesa para ponerse a buscar.

Se echó hacia atrás y recapituló el breve recorrido del día en busca de Policarpo García, alias el Mosca. La tarde enfilaba su última hora y pronto anochecería.

Era hora de moverse.

Lorenzo Roca reapareció frente a él en un tiempo inusitadamente corto, o tal vez él se había quedado pensativo sin darse cuenta mucho más tiempo de lo calculado.

–Vea, jefe –dijo su subordinado dando la vuelta a la mesa para situarse frente al mapa de la ciudad que presidía la pared–: El Calígula Ciego está aquí; La Mirinda, aquí; el Popes, aquí; el Marcha Atrás, aquí, y el Peñón de Gabriltar... aquí –y dio por concluida la señalización enfatizando las dos sílabas del último «aquí». Luego agregó–: Vaya nombres, ¿no? Los hay que...

No estaban lejos unos de otros. Se podían recorrer en una noche.

Todo dependía del Mosca.

–¿Puedes averiguarme algo más acerca de ellos? Horarios y todo eso, clase de público, etc.

—Sí, claro —Roca hizo ademán de alejarse.

—Espera.

Esperó.

—Antes, da aviso de búsqueda de Policarpo García, alias el Mosca, y envía un coche para que vigilen discretamente la pensión Costa Roja, por si aparece por su habitación.

—¿Algo más?

—No. Tráeme esos datos cuanto antes.

Lorenzo Roca volvió a dejarlo solo.

53 (17 HORAS, 11 MINUTOS)

La música atronaba el lugar con una amplitud decibélica ensordecedora incluso para él en sus circunstancias, con la presión de lo sucedido, el recuerdo constante de Luciana en el hospital y una noche casi en vela.

Pero se sintió cerca de su objetivo. Tenía un presentimiento.

Lo había tenido desde el mismo momento de asomarse al lugar y ver la cantidad de gente que se movía en él y escuchar su música, dispuesta a machacar toda energía. Allí había de todo. Cuerpos que eran modelos de la gran fotografía clónica de la especie. Cuerpos embutidos en jerséis de lycra y pantalones de nailon cortos o largos, ajustados y andróginos, con muchas cremalleras, colores vistosos, aplicaciones holográficas, fluorescentes, metalizadas, irisadas o plásticas; cazadoras *bombers*, bolsas en bandolera, mochilas de charol a la espalda, gafas de plexiglás, cabellos «divertidos», de punta o dejando espacio a la imaginación, desordenados y locos, tanto como cabezas peladas o con una leve capa de pelo, algún tatuaje visible, zapatillas deportivas a la última, con sus cámaras de aire que permitieran variar la presión y situarla en el tono ideal para bailar *techno*, *rave*, *house*. La suma expresión de lo sintético.

Era el marco ideal para el loco de Raúl.

Eloy trató de seguir un plan, peinar la enorme nave abandonada de forma rigurosa, para que Raúl no se le escapara por un lado mientras él estaba por el otro, o se cruzaran sin darse cuenta. La ventaja era que aquello no era una discoteca al uso, con poca luz. La desventaja era que podía tener una docena de rincones ocultos, porque por todas partes había columnas, viejas máquinas, barras de bar improvisadas, restos de su antigua función de fábrica. La moda de las *parties* privadas ya no dejaba rincón virgen por descubrir.

Buscó algún sitio alto, y lo encontró sin problemas. Dos escaleras con peldaños de hierro subían hasta un primer piso del cual salía una plataforma metálica, enrejillada, que corría paralela a una de las paredes longitudinales. Un perfecto punto de avistamiento.

Tuvo que dar algunos codazos, sonreír a un par de monadas que le sonrieron a él y luego se pusieron a cuchichear sin disimulos, y esquivar a uno que ya llevaba la tajada encima y a otro que se movía con los ojos cerrados, a golpes, los brazos en forma de aspas de molino, bailando igual que si estuviese en medio del desierto del Sáhara. Cuando llegó a la escalera, subió iniciando el reconocimiento de lo que quedaba abajo. La gran pista de baile.

No, Raúl no era de los que se detenían más allá de cinco minutos, lo justo para beber algo, orinar o tomarse alguna porquería que le permitiera seguir y seguir. Era un loco del baile, un perfecto modelo de genuina estirpe. Siempre les había hecho gracia. Incluso a él. Vivía por y para el fin de semana. Eso y las pastillas. El resto de los días no existían. Eran una isla entre dos fines de semana. Hasta Máximo era un chico normal comparado con él.

Le pareció que los cuerpos, desde arriba, se retorcían en un infierno sin fuego. Todo se le antojaba artificial. Sin embargo, de no haber sido por el estado de Luciana, él mismo tal vez habría estado allí abajo, bailando, con ella y con todos los demás. No podía sentirse juez de nada.

Pero, desde luego, ahora lo veía de otra forma.

Con otro sentimiento.

Buscó a Raúl. También eso debía resultar fácil. Siempre iba a la última. Claro que allí habría cien o doscientos raúles y raúlas. El espectáculo resultaba enorme. La masa humana se movía al mismo compás, con el mismo ritmo, bajo el mismo influjo hechizante, magnético y, muy especialmente, hipnótico. Lo curioso es que antes no le daba importancia. Cada cual tenía su rollo. ¿Por qué, de pronto, era como si se sintiese viejo, muy mayor, incluso carca? Había leído que el *bakalao* gustaba a los adolescentes por esa razón: los hipnotizaba, los sumergía en un mundo en el cual no había ideas propias, los globalizaba y los unificaba. No había necesidad de pensar ni cambiar, solo dejarse llevar, y llevar, y llevar.

Y cuando el cansancio podía con todo, para eso estaban las pastillas, el éxtasis, el eva, los *speeds*, los ácidos, las anfetas, los *popperazos*, una larga lista de posibilidades para mantener el cuerpo en forma y aguantarlo todo, absolutamente todo, durante veinticuatro, cuarenta y ocho o setenta y dos horas sin dormir.

Llegó a la plataforma y pasó los siguientes tres minutos mirando abajo de forma sistemática, calculada, hasta que empezaron a dolerle los ojos. Solo hasta entonces.

Porque de pronto lo vio.

Raúl.

Estaba allí, casi en el centro de la pista, bailando como un loco, como si acabara de empezar en lugar de llevar ya casi un día haciéndolo.

Eloy buscó un par de puntos de referencia para situarle y fue hacia él.

54 (17 HORAS, 13 MINUTOS)

En el silencio de la sala, la voz de Cinta sonó como un disparo.

–Nosotros lo hicimos.

Santi y Máximo fueron alcanzados por él.

Se miraron el uno al otro.

–Si muere, la habremos matado nosotros –continuó Cinta.

–No es cierto –articuló Máximo.

–Sí lo es –Cinta le atravesó con una mirada de hierro.

–Te podía haber pasado a ti –le dijo Santi–, o a mí o a Máximo. Le tocó a ella por un golpe de mala suerte. Esas cosas pasan.

–¿Qué excusa es esa?

Ninguno de los dos contestó.

–¿Queréis responderme? –exhaló ella, revestida de una falsa paz.

–¿Qué quieres, que no salgamos de casa por si nos atropella un coche? –manifestó Máximo.

–Uno hace cosas, y ya está. Se arriesga –dijo Santi–. Siempre nos arriesgamos, con todo. Al respirar, puedes coger algo con la porquería que hay en el aire, ¿o no?

–A ver si te va a dar ahora la neura –continuó Máximo dirigiéndose a su amiga.

–Así que tenemos que olvidarlo y ya está. Como si fuera un accidente.

–Ha sido un accidente –puntualizó Santi.

–Y todos nos sentimos mal por ello –le apoyó Máximo–, pero no sirve de nada castigarnos en plan masoca.

–Todos tomamos una, ¿vale?

Cinta fulminó a su novio.

–Ella no quería tomarla.

–Pero la tomó, y no la obligamos –insistió Santi.

–¡Prácticamente se la pusimos en la boca! ¿Lo has olvidado? –elevó la voz la chica.

–Se hizo un poco la estrecha, nada más.

–Ya sabes cómo es Luciana.

–Le gusta hacerse de rogar.

–Eso.

–Además, el que lo lio todo fue Raúl.

–No, Máximo –volvió a hablar Cinta después del puñado de frases sueltas de ellos dos–. Fuiste tú.

–¡Sí, hombre, encima!

–Tú fuiste en busca de Raúl para que te pasara algo, y luego Raúl trajo a ese tipo, al camello, y después me decidí yo, lo reconozco, ¡yo!, no voy a escurrir el bulto, pero no vengáis ahora con excusas. Todos estábamos allí, y todos somos responsables aunque ninguna justicia nos acuse.

–Vamos, cálmate –le pidió Santi yendo hacia ella.

Cinta lo rehuyó. Puso las manos con las palmas abiertas por delante, a modo de pantalla, pero sin mirarle a la cara. Los ojos los tenía fijos en el suelo, en el abismo abierto entre ellos. Toda la tensión que sentía se expandió con ese gesto, abarcando un enorme radio en torno a sí misma.

–Estoy muy calmada –dijo–. Muy calmada.

Pero los dos sabían que no era así, que las emociones volvían a aflorar, a salir por los resquicios y las grietas de su ánimo. Y tanto o más que la verdad de las palabras de Cinta, temieron la inminente explosión que iba a llevarlos de nuevo a la crispación.

La cuenta atrás fue muy rápida.

55 (17 HORAS, 15 MINUTOS)

Le puse una mano en el hombro a Raúl, y le pareció tocar un arco voltaico rebosante de electricidad.

El muchacho se volvió, quedó frente a él, pero sin dejar de moverse, siguiendo el ritmo.

Lo reconoció.

—¡Eloy!

Y se le echó encima, abrazándolo. Eloy no pudo hacer nada para evitarlo ni para apartarlo. Raúl tenía los ojos muy abiertos, el rostro congestionado, la huella de las hormigas mordiéndole el trasero, la energía de cuanto llevara en el cuerpo disparando todas sus reservas.

Lo aprovechó para intentar sacarlo de allí.

—¡Eh, eh! ¡Qué sorpresa! ¿Qué haces aquí? ¿Están todos? ¡Puta madre!, ¿no? ¡Puta madre, tío!

Estaba muy pasado, muchísimo. Probablemente habría empezado con alcohol el viernes por la noche, para darle a las pastillas de éxtasis de madrugada, tal vez un poco de coca aquella misma mañana, y ahora quizá acabara de pegarse un *popperazo*, por lo de reírse y no parar de moverse, que eran sus efectos. Aquella noche podía seguir con *speed*, y vuelta a las pastillas de nuevo de madrugada, solo que entonces comidas, inhaladas en polvo o disueltas en alcohol, para aguantar definitivamente la subida final del domingo.

Raúl se gastaba entre 150 y 180 euros cada fin de semana en toda esa porquería.

No se sabía de dónde sacaba el dinero porque, desde luego, no trabajaba. Continuó tirando de él, hasta que se dio cuenta.

—¿Qué haces? ¿Adónde...?

No pudo evitarlo. Se movía sin parar, pero sus fuerzas estaban encaminadas a esa acción, no a intentar detener a Eloy, y menos a resistirse a su furia.

—¡Eloy, tío!

—Vamos fuera.

—Pero...

—¡Fuera!

Continuó riéndose y bailando, aunque ahora, agarrado por Eloy, más bien parecía un muñeco articulado, una marioneta. Su rostro se convirtió en una mueca, pero ya no se resistió. Atravesaron la marea de cuerpos sudorosos bajo la cortina sónica y llegaron a la puerta. Alguien les puso un sello invisible para poder volver a entrar. Luego salieron.

Eloy no se detuvo hasta haber andado unos veinte metros hacia la derecha de la nave, en una zona en la que no había nadie cerca. Entonces empujó a Raúl contra la pared.

–¡Eh, me has hecho daño! –protestó el chico, aún riendo.

–¿Tienes una pastilla como las que tomasteis anoche?

–¿Para eso me sacas? ¡Jo, qué morro!

–¿La tienes? –gritó Eloy.

–¡No! –por primera vez, Raúl dejó de reír, aunque con los ojos desorbitados y un tic en el labio inferior–. ¿Qué pasa contigo, eh?

–Luciana está en un hospital, en coma.

–¿Qué?

Lo había oído, pero en su estado, las cosas difícilmente le entraban a la primera.

–¡Luciana está en coma en un hospital por la mierda que os tomasteis anoche!

–Jo... joder, tío –parpadeó.

No, ya no reía.

–Raúl, esto es serio –dijo Eloy–. Necesito una de esas pastillas. Tal vez ayude a Luciana.

–¿Ayudarla? ¿Cómo?

–¡No lo sé! –se sintió desfallecido–. ¡Los médicos no saben de qué estaba hecha! A lo mejor...

Comprendió que estaba dando palos de ciego, empeñado en una búsqueda extraña, probablemente inútil, aunque en parte había seguido haciendo aquello por la misma razón del principio: no quedarse quieto, moverse, hacer algo, escapar.

¿Lo mismo que Raúl?

No, era distinto.

–¡Dios mío, Luciana...! –gimió Raúl resbalando hasta el suelo, de espaldas a la pared.

Eloy apartó sus ojos de él. Había deseado pegarle, descargar su ira, toda su frustración.

Ahora ya no sentía ganas de hacerlo.

No sentía nada.

La misma voz del caído se le antojó muy lejana cuando dijo:

−Oye, sé dónde para ese tío, el camello. Él sí tiene pastillas de esas. Todas las que quieras.

Eloy volvió a mirarle.

56 (17 HORAS, 39 MINUTOS)

No era una pelea, era más bien la liberación de todas las tensiones, de todas las frustraciones, de toda la impotencia. Máximo ya no hablaba, tenía miedo de que a Cinta le diera un ataque de histeria. Santi era el que intentaba calmarla, sin mucho éxito.

−¡Por favor, Cinta, vas a hacer que todos los vecinos se enteren y te caerá una buena!

−¡Yo no quiero que se pase el resto de la vida así, en una cama! ¡No lo resistiré!

−¡Cinta!

−¡Hoy íbamos a ir a ver la última de Brad Pitt! ¡Y está allí! ¡Y a lo peor ya se ha muerto! ¡Y yo no quiero que se muera! ¡No quiero!

−Dale algo, Santi −pidió Máximo.

−¡Sí, hombre! −protestó Santi−. ¿Qué te crees, que yo vivo aquí y sé dónde está todo?

−¡Si me tocáis, grito! −anunció Cinta.

Máximo se apartó aún más.

−Si lo sé, no vengo −rezongó.

−¡Cobarde! −le insultó Cinta−. ¿Vas a pasarte el resto de la vida ignorando esto, fingiendo que no ha pasado nada? ¡Pues ha pasado!

−¡Yo no digo que no haya pasado, solo digo que así no resolvemos nada!

−¡Cállate! −ordenó ella.

−Deberíamos llamar al hospital −propuso Santi, asustado por el estado de su novia−. Seguro que ya está bien y nosotros aquí...

−¡Mierda! −Cinta llegó al límite−. ¿Por qué lo hicimos? ¿Por qué? ¿Por qué? ¿Por qué...?

Iba a empezar a llorar, dejándose arrastrar por los nervios, abandonándose por completo, y en ese momento sonó el teléfono.

El zumbido los alarmó a los tres.

Ella atrapó el teléfono de un salto.

−¿Sí? −musitó débilmente.

–¿Cinta? ¡Maldita sea, creí que no estabais!

–¿Eloy?

Los otros se le acercaron.

–Oye, ¿están contigo Santi y Máximo?

–Sí.

–¡Bien! –los tres le oyeron gritar por el pequeño auricular–. Escucha, os necesito, y rápido. ¡Sé dónde encontrar al tío que os vendió anoche las pastillas! ¡Necesitamos una!, ¿vale? Hay que intentarlo, por Luciana. Por pequeña que sea la esperanza de que eso la pueda ayudar... Pero yo no puedo ir solo, tenemos que ir todos.

Cinta miró a los otros dos. La histeria desaparecía. Ahora todos tenían algo que hacer.

Por fin.

–¿Dónde estás? –quiso saber.

57 (17 HORAS, 41 MINUTOS)

Al entrar en la habitación de Luciana, Loreto apenas si pudo dar unos pasos. Al ver la imagen de su amiga postrada en la cama, el impacto fue brutal. Norma, a su lado, hizo ademán de ir a sostenerla, extendiendo una mano y pensando que, en su estado de debilidad, la impresión tal vez fuese excesiva. Pero Loreto logró sobreponerse.

–¡Oh, hija! –exclamó Esther Salas al verla.

Se levantó y fue hacia ella. Luis Salas también se puso en pie. Loreto, sin embargo, no tenía ojos más que para Luciana. El mazazo aún expandía ondas paralizantes a todo su cuerpo, a pesar de que Norma ya la había advertido de lo que iba a encontrarse.

La madre de su amiga la abrazó, pero no sintió nada. El padre le dio un beso en la mejilla, pero tampoco sintió nada. A través de los ojos le llegaba la crudeza de una realidad superior a sus fuerzas. Era el único puente con un exterior que de pronto la bloqueó.

El efecto apenas duró unos segundos, mientras hablaba, casi sin darse cuenta, con los padres de ella.

–Ya ves, hija.

–¿Tú cómo estás?

–Si es que estas cosas...

Después, Norma logró arrastrar a su padre y a su madre fuera de la habitación, comprendiendo que si seguían allí, hablándole, aturdiéndola, acabarían todos llorando de nuevo.

Loreto se quedó sola con el cuerpo de su amiga.

El cuerpo.

Tardó en sentarse en la silla, junto a la cama. Y lo hizo más por debilidad que por el hecho consciente de estar más cerca de ella, porque sintió cómo las piernas se le doblaban. Finalmente, buscó su mano libre, aquella en cuyo brazo no había ninguna aguja clavada, y se la cogió con toda la ternura del mundo, como si temiera despertarla.

–Luciana... –susurró.

Esperó unos segundos. La inmovilidad de la enferma le pareció aterradora.

En otras circunstancias hubiera sido un juego, ella se habría hecho la dormida y, de pronto, le habría saltado encima haciéndole cosquillas. Ahora no era un juego. Luciana flotaba en una dimensión desconocida.

–Por favor, no te vayas –suplicó muy débilmente–. No me dejes sola ahora. Por favor...

Le acarició los dedos, uno a uno. Luciana tenía las manos más bonitas que jamás había visto. Cuando jugaba al ajedrez, más que mover las piezas del tablero, las acariciaba. Y lo sabía. Siempre se las había cuidado mucho. Las uñas perfectamente cortadas eran la mejor prueba de ello.

La mano de Luciana, entre las suyas, con los dedos deformes por los ácidos estomacales, destacaba como una obra de arte en medio de un horror.

–Sin ti no lo conseguiré, ¿sabes? –Loreto cerró los ojos y se dejó arrastrar por el dolor–. Quiero que sepas que hoy no he vomitado. ¿Qué te parece? No he vomitado, y lo he hecho por ti, créeme. Por ti. Pero ahora no voy a poder seguir si tú te vas, si me dejas. Luciana, ¡Luciana!, por favor... Hagamos un pacto, ¿vale? Un pacto. Yo comeré, aunque estalle, aunque me convierta en la mujer más gorda del mundo, y no volveré a vomitar, pero tú tienes que seguir viviendo para estar a mi lado... Luciana, ¿me oyes? Vuelve. No te mueras, vuelve, ¡vuelve! Lo he hecho por ti, Luciana, por ti, por ti...

Te sienta tan bien este conjunto, Loreto... Me alegro de que te lo hayas puesto. Y con unos kilos de más, estarás arrebatadora, preciosa. Javier caerá rendido a tus pies. ¿Recuerdas el día que lo compramos? ¡Qué locura! Fue verlo, entrar, probártelo y... ¡zas! El dinero de la escapada de fin de semana, convertido en arte sobre ti.

Lástima que eso fuese poco antes de que empezases a caer en picado. Loreto.

¿Qué estás haciendo aquí?

Claro que te escucho, pero aunque me gustaría, no puedo moverme, ni abrazarte, ni darte un beso, ni decirte lo contenta que estoy. Entiéndelo, Loreto: si me muevo, sentiré el dolor, y no sé si estoy preparada para eso. ¡Dios...!, me alegro de que me hables de vivir, pero tal vez si conocieras esto dieses el paso. No sé.

Todo es tan extraño, tan relativo aquí.

Os oigo a todos, os veo a todos, pero es como si hubiese una distancia de millones de kilómetros. En cambio, los sentimientos están cerca. Son como una ola de calor constante. Cada voz, cada caricia, cada mirada, cae sobre mí como un manto de ternura. Y creo que es esa ternura la que me retiene, ¿no es curioso? No quiero hacer daño a nadie, y menos a quien me quiere. Así que la ternura me ata a este lado del camino mientras la paz me llama al otro.

Bien, puede que me quede aquí para siempre, en esta tierra de nadie.

Una partida de ajedrez sin fin, sin ganador ni perdedor. Tablas eternas.

Háblame, Loreto, háblame.

No has vomitado. ¡Bien! Es una magnífica noticia. Un primer paso importante. Ahora el siguiente te costará menos, seguro. Esta noche tampoco vas a vomitar, ¿vale? Esta noche darás el segundo. Por mí, de acuerdo. Pero también por ti. Ánimo, Loreto, ¡ánimo! No has vomitado, y da igual el motivo: eso es que quieres salir del pozo, y vivir.

Loreto, no dejes mi mano.

¿Me escuchas? Sí, sé que lo haces, hemos abierto una puerta.

¿Y Eloy? ¿Sabes dónde está Eloy?

Loreto, Loreto...

59 (18 HORAS)

Poli García entró en el bar, se detuvo en la misma puerta y miró en dirección a la barra. El único camarero era Victorino, y no le hizo ningún gesto, así que traspasó el umbral y caminó unos pasos hacia las mesas ubicadas en la parte posterior. Se sentó en una de las sillas de plástico y se apoyó con cansancio sobre el mármol circular de la mesa, castigado por miles de partidas de dominó. Tener mesas con la superficie de mármol y sillas de plástico era un antagonismo muy propio de Alejandro Castro.

El muy...

Esperó casi cinco minutos. Se le hicieron eternos. Acabó llamando a Victorino para que le trajera una cerveza. El camarero no dijo nada, ni antes ni durante ni después de servírsela. No hacía falta. La dejó sobre la mesa, con el pequeño tique al lado. Pero sí desapareció unos segundos por la puerta de atrás, para regresar al instante, tal cual, manteniendo su mutismo. Poli cogió el tique maquinalmente. En la parte superior estaba escrito el nombre del local: *Bar Restaurante La Perla*. Muy adecuado, pensó.

Jugó con él, enrollándolo, matando el tiempo de espera.

Alejandro Castro acabó asomando la cabeza por la misma puerta, miró hacia él y le hizo un leve gesto. No tenía cara de buenos amigos, más bien de todo lo contrario. Poli se levantó con la intención de ir tras él. Le detuvo la voz de Victorino.

–¡Eh, tú, paga!

Poli le lanzó una mirada de ira. Era un desgraciado. No tenía agallas más que para ser camarero.

–¿Qué pasa? Tengo que volver a salir, ¿no?

–Mira, esto no es gratis, y tú eres capaz de irte por la puerta de atrás, así que...

Todavía llevaba el tique en la mano, pero no miró el importe. Sacó unas monedas y las dejó en el plato. El papel lo guardó en el bolsillo de la chaqueta. Fue otro gesto maquinal. Lo único que quería era pasar de Victorino, hablar con Castro y largarse de allí cuanto antes.

Se metió por la puerta del fondo y fue tras los pasos del dueño del local. Allí había un pasillo que daba al almacén, a la cocina, a los retretes y, finalmente, en la parte posterior, a un par de despachos. Uno tenía la puerta abierta. Entró. Alejandro Castro lo esperaba, sentado tras su mesa. La cerró y cubrió la breve distancia que lo separaba de la única silla libre frente a la mesa.

–¿Qué estás haciendo aquí? –le espetó sin contemplaciones el hombre.

A Poli García no le gustó su tono.

–Esa cría está en coma –le dijo.

El otro valoró debidamente la información, pero sin pestañear.

–¿Y qué? –acabó diciendo.

–¿Sabes lo que eso significa? –el camello se movió inquieto en la silla–. ¡Van a remover cielo y tierra por su culpa!

–Oye, tú, tranquilo –Alejandro Castro le apuntó con un dedo–. Cada día mueren drogatas, y una docena de chicos y chicas sufren comas etílicos o golpes de calor o lo que sea. Y no pasa nada. Nunca pasa nada.

–¡Esto es diferente!

–No grites, Poli.

–Esto es diferente –repitió cambiando el tono, aunque no el nerviosismo–. Sé de qué va. Era una cría, ya sabes, quince, dieciséis o diecisiete años. Los periódicos van a meter bulla, y la policía montará una de las suyas. ¡Ya me están buscando!

–¿Cómo que te están buscando?

–He ido a mi pensión y la dueña me ha dicho que uno que conozco, Vicente Espinós, andaba tras de mí.

–Será una casualidad.

–¡Y una leche, casualidad!

–Te han detenido otras veces por camello, así que...

–Mira, Castro, yo me abro. He venido a devolverte las pastillas y a liquidar.

Sacó un montón de billetes de un bolsillo, y un paquetito del otro. Lo puso todo sobre la mesa. Alejandro Castro cogió el dinero. No tocó el paquetito.

–Recógelo –ordenó.

–¿Qué?

–Recógelo y sal a vender. No me jodas, Poli.

–¡No puedo!

–Acaba eso –señaló el paquetito–, y luego, si quieres, desapareces unos días.

–Castro...

Al traficante se le acabaron de endurecer las facciones.

–Poli, me estoy hartando de ti. Anoche Pepe vendió el doble que tú. El doble, y sin chorradas. ¿Cuánto me debes? ¿Lo tienes? Yo también tengo mis problemas, y mis obligaciones. Y he de cumplir con otros, porque esto es una cadena, ¿te enteras? No puedo parar el negocio ni cerrar solo porque una cría tenga un mal viaje. Si tienes miedo, véndelo todo esta noche, que para eso es sábado, y mañana desapareces unos días. Pero precisamente porque es sábado, no vas a dejarlo hoy ni a dejarme colgado a mí. ¿Lo has entendido?

Lo había entendido, pero seguía sin gustarle.

–Esto es un mal rollo –rezongó.

–Las dos piernas rotas o tu cadáver en una cuneta sí son un mal rollo –le aclaró Alejandro Castro.

Poli recogió el paquete y se lo guardó de nuevo en el bolsillo. Apretó las mandíbulas al hacerlo.

–Si me cogen... –suspiró.

–Si te cogen, sabes que te mandamos un abogado. Pero salvo que lo hagan con una pastilla encima igual a la que tomó esa cría, no van a poder tocarte un pelo. Por eso tienes que acabar hoy con lo que te queda. Yo tengo quince kilos aquí, cincuenta mil pastillas, ya te lo he dicho antes. Y no voy a tirarlas por el retrete. Así que tranquilo, ¿eh?

Poli se puso en pie.

Estaba de todo menos tranquilo.

60 (18 HORAS, 21 MINUTOS)

Mariano Zapata entró en el despacho con una amplia sonrisa en su rostro, sin llamar. Gaspar Valls levantó la cabeza y le lanzó una mirada fugaz, con los ojos arqueados, antes de volver a examinar las pruebas que tenía delante.

–Muy contento vienes tú –le dijo.

El periodista no contestó. Puso sobre la mesa, frente a sus ojos, la fotografía de Luciana.

Incluso alguien tan experimentado y con tantos años de profesión a sus espaldas como Gaspar frunció el ceño.

–¡Coño! –exclamó.

Le fue imposible apartar los ojos de aquella imagen en los segundos que siguieron. Aun en su estado, ojos cerrados, boca abierta, llena de tubos y agujas, se advertían detalles importantes en ella: su juventud, su belleza, su extraña indefensión.

–¿Es de portada o no? –le retó Mariano Zapata.

Gaspar Valls levantó la cabeza.

–¿Tienes el permiso de los padres?

–No.

–Entonces, ¿nos la jugamos?

–Sí.

–Así, con dos pares de...

–Con lo que haga falta –el periodista apuntó la fotografía con el dedo índice de su mano derecha–. Esto es dinamita. Nos la van a quitar de las manos. Saldrá en toda España, y en el extranjero, ¿qué te apuestas?

–¿Y el texto?

–Me pongo a ello enseguida. Ya casi está. Antes quería ver cómo salían las fotos.

–¿Ella sigue en coma?

–Sí.

–¿Seguro?

–Bueno –no entendió su prevención–, lo estaba cuando le hice las fotografías.

–Antes de llevarlo a máquinas, asegúrate.

–¿Por qué? ¿Qué tiene que ver que pueda salir del coma?

–Vamos, Mariano, ¿y tú me lo preguntas? Es una cuestión de ética, nada más. Aquí aún tenemos un poco de eso. Si esa chica mañana está bien y salimos con esa foto en portada diciendo que está así... nos cubrimos de gloria. Si se pusiera bien, lo publicamos igual, pero dentro. La noticia sería distinta.

–No veo la diferencia –arguyó el periodista.

–No seas bestia, hombre –le reprochó su compañero, a la vez que superior–. Sabes muy bien lo que vende y lo que no, y lo que puede ir en portada y lo que no.

–¿Y si muere?

–Entonces es una gran exclusiva –reconoció Gaspar Valls–. Solo que no querrás que esa infeliz la palme únicamente para tener esa exclusiva y una portada, ¿verdad?

–No, hombre, claro. Era una pregunta, nada más.

Lo observó de hito en hito, como si dudara de su afirmación.

–Tú llama al hospital antes, en el último minuto, y así nos curamos en salud.

–De acuerdo.

Hizo ademán de irse. Gaspar lo detuvo.

–¡Eh!, llévate eso –le tendió la fotografía, aun sabiendo que tenía varias copias–. Quiero dormir esta noche.

–Impacta, ¿verdad?

–Ya lo creo que impacta –asintió Gaspar–. Y a ti te impactaría más si tuvieras hijos.

–Tener hijos, ¿para esto? –soltó un bufido de sarcasmo–. Hasta luego.

Salió por la puerta a buen paso.

Casi un minuto después, Gaspar Valls seguía mirando esa puerta sin poder volver a concentrarse en el trabajo.

61 (18 HORAS, 23 MINUTOS)

Eloy repitió una y otra vez el número de teléfono del hospital, e introdujo una moneda por la ranura superior del aparato antes de marcarlo. Mientras lo hacía, no apartó los ojos del cruce donde había quedado con Cinta, Santi y Máximo. Aún era pronto para que apareciesen, pero se mantenía alerta por si acaso.

–Hospital Clínico, ¿dígame?

–La familia de Luciana Salas, por favor. No sé si sigue en la UCI o está ya en una habitación...

–Espere, no se retire.

Esperó unos largos segundos. El corazón se le aceleró a medida que se aproximaba el momento de la verdad. Tuvo que pasar otro filtro. De pronto escuchó la voz de Norma.

–¿Sí?

–Soy Eloy –cerró los ojos y mantuvo todo su ser en vilo.

No tuvo que preguntar nada.

–Sigue igual.

–¡Ah!

–¿Dónde estás?

–No te lo creerías –suspiró.

–¿Por qué?

–Ando detrás del tío que les vendió esas mierdas.

–¿Qué?

–Es igual, déjalo. Supongo que no es más que una forma de hacer algo, aunque...

–Eres increíble.

–Dile que la quiero.

–Vale.

–Pero díselo, ¿eh? Yo creo que...

–Lo haré, tranquilo. Ahora está Loreto con ella.

–¿Loreto?

–Ha venido, sí.

Llenó los pulmones de aire. El teléfono comenzó a dar señales de que el dinero se estaba acabando. Y ya no tenía más que decir.

–Esto se corta, adiós.

–Adiós, Eloy.

Se quedó con el teléfono en la mano y la señal de la línea cortada zumbando entre los dos.

62 (18 HORAS, 24 MINUTOS)

Fue al detenerse el taxi en un semáforo cuando Cinta rompió el silencio.

–Eloy es alucinante.

–¿Por qué? –preguntó Santi.

–¿Tú qué crees? –lo dijo como si pareciera evidente–. Sale del hospital esta mañana hecho una furia, con Luciana medio muerta, y se mete a buscar al tío que anoche... –miró al taxista y no siguió hablando.

–Pero tiene razón –intervino Máximo–. Si conseguimos una pastilla de esas...

–Los médicos están bastante despistados, ¿no? –manifestó Santi.

–A mí me da un poco de miedo, por no decir mucho –Cinta plegó los labios.

–¿Miedo?

–Yo estoy en coma, y tú te encuentras cara a cara con el tío que me ha dado eso. ¿Qué haces: le dices que necesitas otra pastilla para ver si así me salvas, o le das de hostias?

Santi parpadeó.

—Oye, ¿no irás a pensar que Eloy...? –dudó Máximo.

—Solo digo lo que hay –repuso Cinta.

—Pero lo importante es conseguir esa pastilla –convino Santi.

—Ya, nos acercamos y le pedimos una. ¿Crees que el tío va a estar tan normalito?

—De entrada, el tío no sabe nada del coma –dijo Santi–, así que normalito sí va a estar.

—Otra cosa es que tras conseguir la pastilla, si es que Eloy tiene la suficiente sangre fría como para esperar, después... –aventuró Máximo.

—¡Eh!, no somos héroes de cómic –dijo Cinta.

—¿Has visto cómo se ha puesto Eloy esta mañana con nosotros? –Máximo puso el dedo en la llaga–. ¿Te imaginas con ese camello?

Cinta volvió a mirar al taxista. Parecía muy ocupado controlando el tráfico de última hora de la tarde.

—Esas personas son peligrosas –advirtió Santi.

—¿Ese? No era más que un mierda –dijo Máximo con desprecio.

—¿Y si lleva un arma?

—Oye –Máximo miró a Cinta–, ¿qué te crees, que esto es Nueva York o qué?

—Bueno, sea como sea, nosotros somos cuatro –terció Santi–. Me sigue dando miedo Eloy. Está loco por Luciana.

Ese pensamiento los mantuvo en silencio los instantes siguientes. El taxi se paró en un nuevo semáforo. El taxista les lanzó una mirada distraída por el retrovisor. La detuvo sobre ella, bastante rato, casi todo el que duró la espera. Cinta se la acabó devolviendo, y el hombre retiró sus ojos.

—¡Vamos ya, que está en verde! –protestó levantando una mano en dirección al vehículo que le precedía.

63 (18 HORAS, 24 MINUTOS)

Por primera vez en todo el día, estaba quieto.

Podía pensar.

Deseó no hacerlo, y que los otros tres llegaran de una vez para ponerse en marcha. Por eso los había citado cerca de su destino tras llamarlos por teléfono, aunque había llegado antes. Probablemente ellos aún tardarían unos minutos. Demasiados.

¿Y si hubiera ido solo?

No, qué estupidez. Se lo había repetido ya una docena de veces. Los necesitaba. De entrada porque él no conocía al camello, y Máximo sí. Y también porque cuando lo tuviese delante...

¿Qué haría cuando lo tuviese delante?

Lo más importante era Luciana, conseguir una pastilla. Pero aquel cerdo era el causante de que ella estuviese como estaba. Era como si la hubiese matado, aunque...

No, no era cierto. El camello no era más que un eslabón de la cadena. Y el último, el decisivo, eran ellos.

Ellos decidían comprar y tomárselas. Ellos y nadie más que ellos.

Un juego divertido.

Para eso se es joven, para probar cosas, para experimentar.

Para eso y para desafiarlo todo.

¿O no?

Anduvo inquieto por la esquina. Parecía idiota. Un idiota de diecinueve años. ¿Por qué todas las reflexiones surgían después de que las cosas hubieran pasado? ¿Por qué los ataques de madurez, y los sentimientos, y las prevenciones, y el sentirse carca, y...?

La confusión lo invadía como una marea negra.

Impregnándolo todo.

De acuerdo: darían con ese cabrón, compraría una pastilla, apretaría los puños y las mandíbulas, se tragaría su odio, sus deseos de venganza, y luego irían al hospital y llamarían a la policía. Por ese orden. Existía la ley.

Aunque nada, ni siquiera esa ley, podría ayudar a Luciana a volver a la vida.

Siguió caminando arriba y abajo, inquieto, mientras los coches pasaban por su lado llenándole de humos y ruido. Ningún taxi se detuvo en la calzada. Volvía a moverse para no pensar, para seguir activo.

Lo peor llegaría más tarde, cuando tuviera que parar. Entonces estaría, probablemente, tan muerto en vida como Luciana.

64 (18 HORAS, 30 MINUTOS)

–Eso debe quedar por aquí, ¿no? –dijo Santi mirando por la ventanilla.

–Supongo, no sé –hizo lo mismo Máximo.

–Ahí delante –les indicó el taxista–. Pasado el próximo semáforo.

–Bueno –suspiró Cinta.

Los dos chicos la miraron a ella, como si fuera la jefa o tuviera algo más que decir.

–¿Qué hacemos? –quiso saber Santi al ver que su novia no seguía hablando.

–¿Qué quieres que hagamos?

–No sé. Una vez que nos reunamos con Eloy...

–Todos estamos fastidiados –reconoció la muchacha–, pero esto es de Eloy, así que lo único... tratar de que no haga nada... En fin, ya me entendéis.

–Va a ser muy complicado.

–¿Tú estás bien? –Santi le cogió una mano. No se habían tocado desde que estuvieron en la cama juntos.

–Sí.

–¿De verdad?

–Sí, de verdad.

No lo estaba, pero ahora al menos no se sentía como en su casa, con aquella presión y aquel miedo, pensando en Luciana.

Incluso agradeció el contacto lleno de calor de Santi.

El taxi recorrió el último tramo de calle.

–¡Ahí está Eloy! –Máximo fue el primero en verlo.

65 (18 HORAS, 32 MINUTOS)

Eloy ya había visto el taxi, primero porque su velocidad decrecía, después por el intermitente indicando que se detenía, y finalmente porque, sentados detrás, contó tres cuerpos. Cuando el vehículo se detuvo, abrió la puerta. Máximo fue el primero en bajar, seguido de Cinta, que iba en medio. Santi estaba pagando la carrera.

¿Cómo te lo has montado? –Máximo descargó su tensión.

–Por Raúl.

–¿Has localizado a Raúl? –abrió los ojos Cinta.

–Primero he estado en casa de Paco y Ana, y después lo he pillado a él. Le hubiera traído conmigo de no haber estado completamente ido.

–Lo suyo es demasiado –reconoció Máximo.

Santi ya estaba fuera. El taxista les dirigió una última mirada, sobre todo a ella, y luego arrancó alejándose de allí.

Se quedaron solos.

–¿Dónde está? –quiso saber Máximo.

–En una discoteca llamada Popes, aquí cerca.

–No la conozco –plegó los labios Santi.

–Es de barrio, quinceañeros y gente así –le informó Eloy.

–¿Seguro?

–Raúl me ha dicho que sí, que a esta hora y en sábado suele estar siempre ahí.

–¿Y de veras crees que saber lo que hay en una pastilla de esas puede ayudar a Luciana? –repitió Cinta la misma duda que aquella mañana.

–El médico lo dijo, ¿no? ¿Se os ocurre algo mejor para ayudarla?

Ninguno tenía una respuesta válida. Eso zanjó el tema.

Quedaba, tan solo, dar el primer paso.

–¿Qué hacemos?

Se miraron los cuatro. Las diferencias de la mañana habían desaparecido. Eran cuatro amigos unidos por las circunstancias, pero también por algo más allá. Algo que solo ellos conocían, al igual que lo conocían todos los adolescentes que compartían un sentimiento común en esa etapa de sus vidas.

Por lo general, ese sentimiento se desvanecía después.

Aunque eso aún no lo sabían, lo intuían por la vida de sus padres.

–Vamos ya, ¿no?

–Espera –le detuvo Cinta.

Eloy sintió la presión de la mano de su amiga en el brazo. Se detuvo y la miró a los ojos. Los tenía enrojecidos, y no era necesario preguntar por qué.

–Tranquila –musitó comprendiendo el tono de su inquietud–. Lo primero es Luciana.

Entonces, Cinta lo abrazó.

Un abrazo cálido, de corazón, preñado de emociones sin medida. Y él le correspondió con la misma intensidad.

Después, los cuatro echaron a andar calle arriba.

66 (18 HORAS, 40 MINUTOS)

—Inspector.

Vicente Espinós centró la mirada en Lorenzo Roca, saliendo así de su abstracción. El policía llevaba unas anotaciones hechas a mano.

—¿Lo tienes?

—El Calígula Ciego y el Marcha Atrás son discotecas nocturnas de gente guapa —comenzó a decir Roca—. Se animan a partir de las dos de la madrugada. Antes... —puso cara de asco—. El Peñón de Gabriltar es un bar musical con algo de ambiente putero, hay reservados y todo eso, aunque al parecer la clientela es selecta porque las chicas están bien. El Popes es una discoteca de tarde y noche, o sea, que a esta hora hay niños y niñas bien, y más tarde van sus hermanos y hermanas, o sus padres. Por último, La Mirinda es un bar de esos fríos, pero también se llena pasadas las tantas.

Vicente Espinós evaluó la información facilitada por su subordinado.

Despacio.

—O sea que, de los cinco, solo en uno hay animación ahora mismo —expresó sus pensamientos en voz alta.

—En el Popes, sí —le respondió Roca como si hablara con él.

—¿A qué hora cierra ese local?

—A las diez. Justo para que los nenes y las nenas vuelvan a casita. Reabren después, a eso de las once.

De cinco, uno.

No se trataba de instinto o intuición, sino de un hecho.

—El Mosca puede ir a uno de ellos esta noche, así que habrá que vigilarlos todos, pero ahora... —miró a Roca, decidido— no perdemos nada probando.

—¿Nos vamos, jefe?

Se puso en pie. Agradecía salir de allí. Los casos se resolvían en la calle, aunque no había nada como «la oficina» para pensar en ellos y reunir los datos y la información necesarios. Lorenzo Roca fue por su chaqueta. Los dos se encontraron en la puerta del departamento.

–¿Quién cree que ganará mañana? –se encontró con la inesperada pregunta de Roca.

67 (18 HORAS, 41 MINUTOS)

La diferencia entre el Popes y la nave en la que había encontrado a Raúl era manifiesta, y no solo por el espacio, a pesar de que la discoteca también era bastante grande y tenía dos niveles. Allí los chicos y las chicas transpiraban todavía leche materna, o al menos eso parecía. No hacía más de cuatro años que él era también así, pero se le antojaba muy lejano. A veces, incluso se preguntaba cómo había podido comportarse así, tan absurdamente loco.

¿O era que se sentía «mayor»?

¿Absurdamente mayor?

Contempló la fauna de *bollycaos*: ellas abriéndose a la vida en plan peleón, dispuestas a comerse el mundo, luciendo la esbeltez de sus cuerpos, la longitud de sus piernas emergiendo de sus breves faldas o pantaloncitos muy ceñidos, la belleza de sus cabelleras, típica de *spot* publicitario, lo último en moda, la audacia para combinar colores y sensaciones, los protectores de los dientes guardados para volver a ponérselos al llegar a casa, fumando, convertidas en depredadoras cuando iban en grupo, ya que la fuerza las hacía estallar, o entregadas al amor en el caso de que compartieran tempranamente su espacio vital con un chico; y ellos ocultando sus inseguridades o luciendo su buena planta y, por tanto, sus argumentos de dominio, mirándolas y dejándose mirar, ofreciendo lo sano de sus vidas aún sin malear, con el vaso de algún brebaje en la mano, igual que si en lugar de sostenerlo fuese él quien los sostuviera a ellos. Y en suma, todas y todos bailando, bailando sin parar, porque para eso se suponía que estaban allí.

Bailando para divertirse y romper con todo.

–¡Qué movida!, ¿no?

Eloy miró a Máximo. Parecía haberse olvidado también de que ellos eran igual cuatro años atrás, incluso menos, tres... o tal vez dos.

–Primerizos –comentó Santi.

–¡Menuda guardería! –continuó Máximo.

–¿Por dónde empezamos?

Eloy estaba al mando. Nadie se lo discutía.

–Vamos arriba, a ver si lo vemos –empleó la misma táctica que en la nave–. Si está vendiendo, lo que no va a hacer es estar en la pista, y fuera no lo hemos visto.

–De acuerdo –gritó Cinta para hacerse oír por encima de la música.

Eloy abrió el camino hacia arriba.

68 (19 HORAS)

Mariano Zapata puso el punto final y se echó hacia atrás apartándose de la pantalla del ordenador. Suspiró feliz, orgulloso de su obra, pero no perdió el tiempo regocijándose. Miró la hora y retomó el artículo desde el principio. Empezó a leerlo en voz alta. Primero, el titular, directo, contundente: «BAILANDO CON LA MUERTE».

Después, los antetítulos: «Una joven de dieciocho años, en coma por el eva». «Las drogas de diseño se disparan entre la juventud». Y «Desconcierto médico ante los pocos datos sobre las nuevas drogas juveniles».

Finalmente, el artículo:

Tienen entre trece y diecinueve años y son nuestros hijos, los suyos y los de su vecino. Los vemos cada día, sanos, alegres, estudiando o trabajando o luchando por salir adelante, con sus problemas y sus frustraciones, pero llenos de vida y energía, capaces de superar lo que se les ponga por delante. Es difícil imaginarlos haciendo algo insólito, algo malo. Y, sin embargo, muchos de ellos, al llegar el fin de semana, cambian, se transforman, se abocan al lado oscuro de la existencia. Mientras sus padres están en casa, durmiendo, o fuera, dejándolos solos porque «ya son mayores» o mucho más independientes que nosotros a su edad, ellos, chicos y chicas, son capaces de estar bailando tres días seguidos, sin parar, utilizando todos los medios a su alcance para forzar la máquina, para conseguir que el cuerpo aguante. No hay otra ley. Así es la realidad. Y el fin de semana se convierte en un largo camino que traspasa todos los márgenes prohibidos, porque lo importante es llegar al lunes y no haber parado, haber vivido la locura total, la evasión máxima, con los ojos desorbitados, la mandíbula temblando y la risa fácil del no poder parar.

L.S.M. es una de esas chicas. Salió el viernes de su casa para gozar de la vida, y en unas pocas horas la vida le dio la espalda. Una pastilla, un eva, lo que muchos aún llaman éxtasis, le segó la esperanza. Ella, como miles de chicos y chicas en España y en otros países, pagó tan solo 12 euros por «algo» que le permitiera ver las estrellas. Ahora, en coma, es probable que las vea, y que no le gusten. Su imagen, en el hospital, es estremecedora.

El cóctel formado por la música discotequera actual y las drogas de diseño tiene atrapados a miles de nuestros jóvenes. El viejo porro parece haber pasado a mejor vida, con los últimos heavys, grunges o pasotas. La coca sigue siendo privativa de la gente guapa que puede pagarla. Por el contrario, las drogas de diseño se han apoderado de esa gran masa formada por los adolescentes ávidos de sensaciones. Son baratas, contundentes, efectivas. Médicamente, se dice que no crean adicción, así que, para ellos mismos, no son drogadictos, solo adictos psíquicos del fin de semana, porque no entienden lo de salir de casa sin «colocarse». Pero ahora que el éxtasis (MDMA) comenzaba a ser conocido, lo que triunfa es el eva (MDEA), del que no se sabe absolutamente nada. Casi el cuarenta por ciento de las sustancias requisadas en nuestra comunidad recientemente contenían MDEA, mientras que solo en el diez por ciento aparecía MDMA. El éxtasis y sus derivados, antes llamados «la droga del amor», son ahora ya «la droga de la muerte», como todas, porque aun suponiendo que sea verdad que no crean adicción, su uso y su abuso son como un billete a Ninguna Parte.

El manual de drogas de diseño, e incluso el de bebidas utilizadas por nuestros jóvenes, dejaría boquiabiertos a muchos de sus padres o profesores. ¿Habían oído hablar del popperazo? Inhalación de nitritos. Provoca risas espasmódicas e impide dejar de bailar, todo en unos segundos. ¿Saben lo que es un speed ? Un combinado de cafeína y anfetamina que se vende en papelinas. ¿Les suena el término Special K? Es una sustancia farmacéutica de uso hospitalario, la ketamina, para anestesias humanas o animales, y solo se vende con receta. Un botecito cuesta en cualquier farmacia cinco euros. Es suficiente con dejarlo evaporar en una sartén, cortar el residuo para que se quede en polvo, y con ello se fabrican las suficientes dosis como para multiplicar por veinte la inversión. Dicen que da «viajes» muy fuertes y deja atontado, pero aun así es la moda, y muy peligrosa ahora mismo. En Estados Unidos se mezcla con cocaína y se la llama Special Kalvin Klein. ¿Quieren que siga? Podría hablar del éxtasis líquido y del éxtasis natural, conocido como paz de indio (una botellita cuesta veinte euros y dos o tres personas pueden colocarse con ella), y del cristal, del XTC, del Adam, del águila dorada y de muchos otros. Las drogas ya no son cocaína o heroína. El sida ha cambiado muchos de nuestros hábitos. La química nos ha invadido. Lo peor de todo es que los fabricantes las adulteran también continuamente, por lo que los jóvenes a los que van destinadas casi siempre ingieren auténticas bombas de relojería. Ninguna mata de facto. El componente fatal lo pone siempre el receptor, pero basta cualquier anomalía o cualquier casuística desafortunada para desencadenar una reacción química que precipite el fin. Tampoco matan las bebidas, pero ¿pueden imaginarse las reacciones de algunas con nombres tan llamativos como Pepdrink, Flying Horse, Red Bull, Semtex, Take Off, Love Bomb, Explosive, si se mezclan con productos químicos? Un simple dato: la Pepdrink produce un efecto parecido a fumarse un porro con un café puro y muy cargado.

L.S.M. cayó por un golpe de calor la madrugada del viernes. Esta pasada madrugada, miles de pastillas habrán sido ingeridas por un ejército de acólitos de la noche. El próximo fin de semana sucederá lo mismo. La policía decomisa algunas partidas, pero ya no se trata de drogas duras que llegan de Colombia o Tailandia, ni de hachís procedente de Marruecos. Se trata de laboratorios clandestinos que aparecen en todas partes y que las fabrican sin cesar, llenando el mercado y, sobre todo, facilitándolas a precios muy asequibles. Nuestros hijos «bailan con la muerte»; ya no es solo cuestión de divertirse, sino de explorar el lado oscuro de la realidad. La secuela que deje en sus mentes no la conoceremos hasta dentro de unos años, cuando esas bombas de relojería estallen y pasen factura. Entonces, como es natural, será demasiado tarde para actuar. Puede ser una generación sin letra, ni X, ni Z, ni P, R o A. Puede ser la generación esquizofrénica. Puede ser la última. Y la habremos creado nosotros, por no abrir los ojos a tiempo.

L.S.M., de dieciocho años, era campeona de ajedrez, una chica normal, modélica, buena estudiante, con unos padres felices y una hermana pequeña. Tenía novio. Todo eso se ha ido en unos segundos, solo porque una pastilla se cruzó en su camino. El coma puede ser eterno, llevarla a un rápido y fatal desenlace, o cesar inesperadamente. Pero eso no ocultará la cruda realidad. Como decían los Beatles, los campos de fresas pueden llegar a ser eternos.

L.S.M. bailó el viernes por la noche con la muerte, y sigue bailando.

Mariano Zapata soltó aire y asintió con la cabeza. Perfecto. Directo a las conciencias.

Periodismo y azote. Le gustaba. ¿Oportunista? ¿Demagogo? ¿Sospechoso? ¿Panfletario? Al diablo con todo. Era una noticia, y sabía cómo tratarla. Fuera cual fuera esa noticia, lo importante era el modo de presentarla, el tono, el envoltorio.

Pensó en el inspector Espinós.

Iba a tener trabajo, mucho trabajo, pero ese era su problema.

—¡En marcha! —dijo poniéndose en pie.

69 (19 HORAS, 1 MINUTO)

—¿Qué edad tienen sus hijos, jefe?

No le gustaba que le llamasen jefe. Le sonaba a película de gánsteres americana. Pero se olvidó de ello por la sorpresa de la pregunta.

—Veintitrés, diecinueve y quince.

—La mía tiene siete, y el golferas, tres, que menudo toro está hecho.

—Cuando son pequeños, sufrimos porque son pequeños y parecen indefensos, y cuando son mayores, sufrimos porque son mayores y se creen que lo saben todo —contestó Vicente Espinós.

Quizá lo mejor era hablar, aunque fuera de aquello. Llevaban demasiado tiempo en silencio, envueltos en el ruido del tráfico del anochecer.

—Lo de esa chica es un palo, ¿verdad?

—¿Lo dices por sus padres?

—Y por nosotros. La prensa va a hincarle el diente al tema. Una cosa es que la palme un drogata, y otra, que muera una chica normal y corriente que había salido a divertirse.

—Cada fin de semana mueren una docena de chicos y chicas jóvenes por accidentes de circulación.

—Ya, pero son una docena, como dice. Esta está sola, y además está en coma, porque si te mueres, a los pocos días ya no es noticia, pero como siga así mucho tiempo... ¿Pongo la sirena, jefe? Esto no se mueve.

—No, no la soporto.

—¿Sus hijos salen de noche?

Era una buena pregunta.

—Sí —convino con desgana.

—Y llegan de madrugada, claro. Como todos.

No hacía un mes que le había encontrado a Fernando, el de diecinueve años, una pastilla de hierba en un cajón.

—Roca, no me toques los huevos, ¿quieres?

—Jefe, si yo solo...

—Y no me llames jefe.

—Vaya —suspiró el policía—, parece que va a ser un caso movido.

Tenía su gracia, por el acento y la forma de decirlo, así que hasta forzó una media sonrisa en sus labios.

—Tú estate alerta con el toro ese que dices que tienes, que ya verás dentro de quince años.

—No, si ahora ya puede conmigo.

—Pues eso.

—Pero una buena leche a tiempo...

—Ya.

—La culpa es nuestra, que como se lo damos todo hecho...

—Roca.

—¿Qué, jef... inspector?

—No filosofes, ¿vale? Y pon la sirena para salir de este atasco, pero luego la apagas.

No tuvo que decírselo dos veces.

En un minuto ya estaba pisando el acelerador casi a fondo.

No había ni rastro del camello, así que el primer atisbo de frustración asomaba ya en sus rostros cansados de mirar a todas partes, luchando contra los *flashes* de las luces estroboscópicas y el movimiento continuo de la discoteca, la música y los gritos de los que intentaban hablar entre sí.

Como ellos ahora.

–¡Yo creo que no está! ¡Lo veríamos! ¡Un tío de más de veinte aquí canta mucho!

–¡Puede que esté fuera, apostado en alguna parte, y que no le hayamos visto, o que haya llegado mientras tanto!

–¿Y si preguntáramos a uno de estos dónde podemos comprar algo?

–¿Estás loco? ¿Crees que todos hacen lo mismo o qué?

Máximo los miró como si así fuera.

–¿Salimos? –propuso Cinta.

–¡Sí! –accedió Eloy.

Regresaron a la puerta del Popes. Tardaron cerca de tres o cuatro minutos en abrirse paso entre los cuerpos juveniles que pululaban por el espacio lúdico. Un portero con pinta de gorila les puso el habitual sello invisible en la muñeca, mirándolos impertérrito. Una vez fuera, empezaron a moverse de nuevo por el aparcamiento y las proximidades de la discoteca, que ocupaba un lugar propio en la calle, abierta a los cuatro vientos. No tardaron en regresar a las inmediaciones del recinto, más y más desconcertados. De no haber sido por la determinación de Eloy, Santi y Máximo ya habrían arrojado la toalla, convencidos de que el camello no estaba por allí ni tenía intención de ir.

Pero les bastó con ver la cara de su amigo.

–Volvamos adentro –ordenó él–. Y esta vez nos separaremos. Yo iré al lavabo, tú te pones entre la pecera del *disc jockey* y la barra del bar, y Cinta y Santi que se queden en la puerta, viendo a todo el que entra y sale.

–Bien –asintió ella.

Máximo y Santi no dijeron nada.

Volvieron entrar en el Popes.

Loreto sentía el peso de una enorme conmoción sacudiéndola de arriba abajo.

Ni siquiera lo entendía.

Creía que ver a Luciana allí, en aquel estado, sería tanto como renunciar a la salvación final, porque si Luciana, tan fuerte, tan distinta, sucumbía, ¿qué esperanzas tenía ella? Y sin embargo...

La mano de Luciana entre las suyas, aún caliente. La vida que fluía de ese contacto a pesar de todo. El aliento de una lucha soterrada, silenciosa, como si, pese al coma, su amiga le hubiese hablado.

Había creído oír aquella voz, su voz.

Muy dentro de sí misma.

Un extraño efecto.

Y una consecuencia sorprendente, por su fuerza demoledora.

Quería vivir, vivir, vivir...

Como Luciana.

−¿Tiro por el paseo o doy la vuelta?

El taxista no la arrancó de su abstracción.

−Da lo mismo −dijo.

El hombre se encogió de hombros. Le bastó con volver a mirarla para que evitara hablarle de lo que iba a hacer y por qué. Su pasajera parecía obnubilada.

Lo estaba.

Loreto pensó en su pequeña victoria de hacía un rato, cuando se venció a sí misma para no vomitar. Ese había sido realmente el primer paso. Y lo hizo por Luciana.

Aunque eso fuese ya lo de menos.

Lo importante era que lo había hecho.

−Luciana... −musitó.

−¿Decía usted algo, señorita?

−No, no, nada.

Se sentía tan distinta...

Algo tan simple como no vomitar.

Tan y tan distinta.

Esther Salas se levantó como impulsada por un resorte. Su marido la vio acercarse a la cama de Luciana, mirarla, mover una mano temblorosa hasta su frente, depositarla en ella.

–¿Qué sucede? –preguntó.

–Creía que... se había movido –desgranó la mujer.

No era cierto. Él también la estaba mirando en esos momentos, bajo la perpetua sombra de aquella incredulidad que, sin embargo, era más y más certeza a medida que pasaban las horas. Pero no se lo dijo a su mujer.

Esther Salas acarició la frente de su hija. En su gesto flotó una desesperanzada esperanza.

–Mañana habrá que llamar a la familia –volvió a hablar en voz muy baja.

La familia.

Abuelos y abuelas que completarían el cuadro de la tragedia.

–Tu madre se morirá –dijo él.

Habían preferido no hacerlo a lo largo del día, esperar, confiar, pero ahora, al acercarse la noche, todo se convertía en amargura y realidad. Incluso ellos tendrían que descansar, después de una primera noche en vela. Tendrían que descansar, por extraño que pareciera.

No hubieran querido dormir, sino estar despiertos, constantemente, para velar el sueño de Luciana.

Norma se levantó, se había movido todo el día de aquí para allá, como una zombi, respondiendo al teléfono o haciendo cualquier cosa, incapaz de permanecer quieta más allá de un minuto. Cada vez que una emoción la asaltaba, tenía que hacerlo para no caer en el abismo abierto a su alrededor.

–Norma, ¿adónde vas? –la detuvo su madre.

–Al baño –dijo por decir algo.

–Ah.

Se quedaron mirándose las dos, fijamente, con Luis Salas de mudo testigo. Luego, la chica se encaminó hacia el servicio.

73 (19 HORAS, 11 MINUTOS)

Norma cerró la puerta del baño y se apoyó en el lavabo. El espejo le devolvió su imagen, a mitad de camino a ninguna parte. Al menos, así se sentía. Demasiado joven para ser mujer, demasiado mujer para ser joven.

Todas las sensaciones volvieron a ella.

En bloque, sepultándola bajo su peso.

Cuando se dejó caer sobre la taza del inodoro para sentarse, al flaquear sus piernas, comenzó a llorar en silencio, con la cabeza echada hacia atrás y apoyada en la pared, con los ojos cerrados.

–¿Por qué? –gimió–. ¿Por qué?

Fue lo único que pudo decir, una y otra vez, mientras pensaba en su hermana.

74 (19 HORAS, 13 MINUTOS)

Eloy entró en la zona de lavabos del Popes. Primero vio un pasillo que conducía a una especie de distribuidor. En él, la puerta de la derecha mostraba el acceso para los chicos, y la de la izquierda, para las chicas. No había nadie en el distribuidor, así que se metió en el lavabo masculino. Salvo un par de meones, no encontró nada, pero se aseguró.

Abrió todas las puertas de los inodoros, cinco en total.

Salió afuera y entonces, por la puerta frontal, la de las chicas, vio aparecer a dos morenitas muy pintadas, clónicas, piernas desnudas, ombligo desnudo, brazos desnudos.

–¡Quince euros! ¡Cómo se pasa!, ¿no?

–Tía, serán buenas.

–Ya, pero...

Las vio alejarse por el pasillo.

Y volvió a mirar hacia la puerta del lavabo femenino.

Zona prohibida, a no ser que...

Esperó unos segundos, solo para sentirse más tranquilo. Luego empujó la puerta unos centímetros, dispuesto a hacerse el despistado o el borracho si aparecía alguna chica. Dentro no vio a nadie, por extraño que le pareciera. Siempre había creído que los lavabos femeninos estaban llenos a rebosar, con una abigarrada fila de cuerpos delante de los espejos. Además, ellas iban de dos en dos, algo que tampoco había entendido jamás. Tal vez, pensó, todo aquello fuese un mito alimentado por el cine y la tele. El caso es que, por la hora o por lo que fuese, no había nadie a la vista.

Salvo en uno de los retículos privados para hacer necesidades mayores.

Primero fueron sus voces, quedas.

Después, su realidad.

–Vamos, decídete.

–¡Es todo lo que tengo, y he de volver a casa!

–Pues yo me largo ya. Me buscas mañana.

Eloy cerró la puerta del lavabo sin entrar. Oyó voces a su espalda, por el pasillo. Se apoyó en la pared fingiendo descansar después de la movida y esperó. Aparecieron dos chicos y una chica. Cada cual se metió en su lugar.

Ni siquiera sabía si aquel camello era el que buscaba y, por lo tanto, si lo que vendía era lo que necesitaba.

Se sintió nervioso. Si se iba a buscar a los otros, el camello podría escapársele. Si se quedaba, tal vez tardara en irse o en cambiarse de lugar.

El tiempo empezó a transcurrir muy despacio.

La clienta del camello salió al cabo de un minuto. Tenía alrededor de quince años, era sexy y atrevida. La nueva chica que había entrado salió a los tres minutos, aún retocándose el pelo. Los dos chicos aparecieron casi inmediatamente.

Y entonces, de pronto, la puerta del lavabo femenino se abrió y por ella asomó un hombre, treinta años, nariz aguileña.

Sus ojos se encontraron con los de Eloy.

Apenas un segundo.

El aparecido salió del lavabo y echó a andar por el pasillo, en dirección a la discoteca.

75 (19 HORAS, 15 MINUTOS)

La sirena ya hacía unos minutos que había enmudecido. El automóvil rodaba ahora a velocidad moderada porque el Popes se hallaba a la vista. Lorenzo Roca se preocupaba más de buscar un lugar donde aparcar que de otra cosa.

–Esto está lleno –rezongó.

–Pues me gustaría aparcar cerca de la entrada para poder vigilar la puerta sin tener que bajar del coche –repuso Vicente Espinós.

–Ya.

Solo le faltó añadir: «¿Y qué más?».

Rodeó una parada de autobús en la que ya hacían cola un puñado de chicos y chicas, muy vistosos. Les echaron una ojeada distraída y el inspector volvió a pensar en su padre, en lo que le decía cuando él iba de *hippy*, o lo pretendía, con el cabello largo y las ropas psicodélicas. Fue un pensamiento fugaz.

–Claro, ahí no vamos a poder entrar –manifestó Roca mirando la discoteca–. Cantaríamos como una almeja.

–Ya sabes que el noventa por ciento del trabajo policial consiste en perder el tiempo, pero el diez por ciento restante depende casi siempre del noventa por ciento primero.

–Todos esos coches no pueden ser de los que están ahí dentro, ¿verdad?

–No, porque son menores, pero las motocicletas sí –le señaló un pequeño bosque lleno de vehículos de dos ruedas.

–Bueno, ¿qué hago?

–Roca, ¿quiere que piense yo en todo?

–Para algo es el jefe, ¿no?

A veces le hacía sonreír, aunque no tuviera ganas, como en ese momento.

–¿Y si llamamos por radio a la grúa para que se lleve uno de estos coches? –propuso Lorenzo Roca.

76 (19 HORAS, 15 MINUTOS)

Poli García salió de los lavabos y se encaminó al bar de la discoteca para tomarse algo antes de largarse. No le gustaba vender dentro. Demasiado arriesgado. Y menos, hacerlo en los lavabos. Y menos aún, en el de las mujeres. Pero había sido necesario, y discreto. Dadas las circunstancias, no se fiaba ya de nada ni de nadie. También había una diferencia: aquellos críos preferían no comprar fuera, por si alguien los veía. Tenían tanto miedo que más de uno se lo haría encima en una situación extrema. Por eso los lavabos eran el mejor sitio. Se corría la voz, y acudían como moscas.

Todavía le quedaban demasiadas pastillas, y allí ya había vendido todo lo que tenía que vender. Lo que podía vender.

Giró la cabeza.

El muchacho que estaba en el distribuidor había salido tras él.

Parecía observarle.

Suspiró. Ya empezaba con las manías persecutorias.

–¡Mierda! –dejó escapar en voz baja.

Cuanto antes acabase la mercancía, antes podría largarse. No le gustaba todo aquello, sentirse así, acorralado, asustado. Castro no era más que un cerdo. Incluso sabía que si a él le trincaban, nunca se atrevería a decir nada, porque sería hombre muerto. Castro podía dormir tranquilo.

Él no.

Se abrió paso sin muchos miramientos. Las inmediaciones del bar estaban más densamente pobladas de adolescentes; aunque, a esa hora, la huida, el regreso a casa, ya se había iniciado. Tenía sed.

Hasta que se detuvo en seco.

Delante de él, a unos cinco metros, vio una cara.

Una cara vagamente familiar.

Una cara expectante, y además gesticulante. Su dueño movía los brazos, daba la impresión de estar diciéndole algo a alguien situado a sus espaldas, mientras lo señalaba a él.

Poli giró la cabeza por segunda vez.

El muchacho de los lavabos estaba ahí, más cerca, como si pugnase por avanzar en su dirección. Y tenía las mandíbulas apretadas.

El camello volvió a mirar al de los gestos.

Fue un *flash* rápido, fugaz, pero contundente.

La noche pasada, un amigo de uno que se llamaba Raúl, buen cliente, siete pastillas de golpe, un par de chicas...

Quizá fuera una casualidad, quizá no, pero tenía los nervios a flor de piel y no se detuvo a preguntar.

Poli enfiló la salida de la discoteca, abriéndose paso a codazos y empujones. Y redobló sus esfuerzos al ver que los otros dos, el de los gestos y el de los lavabos, echaban a correr tras él con la misma nerviosa celeridad.

77 (19 HORAS, 16 MINUTOS)

Eloy no esperaba aquella reacción de Máximo.

–¡Ya lo sé, ya lo sé! ¿Pero no ves que le estoy siguiendo? –gruñó para sí mismo–. ¡Vas a hacer que...!

Claro que, con sus gestos, Máximo le acababa de dar la certeza final.

Era él.

El camello que le había vendido a Luciana aquel caballo blanco y mortal.

El resto estalló allí mismo, entre sus manos, en su mente, en cuestión de un segundo.

El hombre girando la cabeza, reaccionando con miedo, echando a correr hacia la salida.

Si se escapaba, perderían su última oportunidad.

–¡Cinta, Santi! –gritó aun sabiendo que era inútil–. ¡Va hacia vosotros! ¡Cogedle!

Empujó a cuantos encontró por delante, sin miramientos, derribó a una chica, hizo caer algunos vasos y manchó a otros muchos al salpicarlos con el vaivén de sus propios vasos. Un murmullo de ira arropó sus movimientos junto a la música que seguía machacando sus sentidos. Pero para él lo único que contaba era cogerlo.

Cogerlo.

Solo que el camello parecía haber tomado ya una sustancial ventaja en su huida.

78 (19 HORAS, 17 MINUTOS)

Está anocheciendo.

¿Por qué me parece todo un símbolo?

No tengo por qué tomar ninguna decisión. Puedo estar aquí todo el tiempo que me apetezca. Estoy bien. Sin embargo...

Todas las partidas han de terminar, antes o después.

Y como buena jugadora, sé que es mejor no prolongarlas indefinidamente.

¿Cuál es la situación?

Ella, la muerte, ataca con su reina negra segura y dominante. Yo solo tengo mi caballo blanco, mi resistencia. Si hacemos tablas, me que-

daré en este lugar armónico y apacible para siempre. Pero no quiero las tablas. Nunca ha sido mi estilo. Prefiero...

Jaque mate.

Ganar o perder.

Anochece y es el momento, sí. Y mañana será otro día.

Tengo dos opciones, y el valor de enfrentarme a ellas. Una es ir hacia la oscuridad, la paz eterna. El adiós. Otra es regresar por donde he venido, volver, asumir el dolor y recuperar mi cuerpo, mis sensaciones. Oscuridad y luz.

Y en ambos casos, el camino es difícil.

Debo decidirme.

Muevo mi caballo blanco. La reina negra espera.

Mi turno, mi turno.

79 (19 HORAS, 17 MINUTOS)

Cinta y Santi se apoyaban en la pared, cerca de la puerta. Hacía rato que habían dejado de mirar en dirección al interior de la discoteca. Su atención se centraba más en quienes entraban o salían, incluso en su aspecto, si llevaban algo en las manos, como si esperasen ver una pastilla recién comprada. No había ni rastro de Máximo ni de Eloy.

–Ese tío no viene –dijo él.

–O ya se ha ido –arguyó ella.

Cinta giró la cabeza hacia el otro lado.

Y se encontró con el tumulto.

Tan próximo a ella que ya lo tenía encima.

Un hombre corriendo hacia la puerta, vagamente familiar, aunque la noche pasada apenas si le había lanzado una ojeada. Y detrás, a unos metros que eran como una enorme distancia, Eloy primero, y Máximo después.

Reaccionó demasiado tarde, barrida por el viento de la sorpresa.

–¡Santi!

Cuando su novio se movió, ya no pudo impedir que el camello lo atropellara, empujándole sin miramientos. Cayó hacia atrás y, al intentar sujetarse, arrastró a la desguarnecida Cinta con él.

–¡Se escapa! ¡Se escapa! –chilló la muchacha.

El camello salía por la puerta cuando ellos todavía estaban en el suelo y los otros dos a demasiada distancia como para impedirlo.

80 (19 HORAS, 18 MINUTOS)

Poli García seguía sin saber a ciencia cierta por qué corría.

Pero corría.

Con toda su alma.

Ellos eran dos, y aunque fuesen dos niñatos, tal vez ni siquiera con media torta, en su caso lo mejor era no preguntar. Aquella chica en coma lo había cambiado todo. Eso y la policía buscándole.

Tendría gracia que fuera por otra cosa.

Y que aquellos dos imbéciles...

Solo que no creía en casualidades, y mucho menos en tantas. ¿Por qué tendría que perseguirle un chico al que la noche pasada había vendido siete pastillas? Si la que estaba en coma era una de aquellas dos niñas...

El miedo puso nuevas alas a sus pies.

Hasta dejó de pensar, aunque su mente era un caos de ideas en ebullición, cuando, de pronto, chocó contra alguien que se le puso por delante, cerca de la puerta. Otro idiota. Tuvo que derribarle. Era el último obstáculo para ganar la libertad, la calle. Allí desaparecería en un abrir y cerrar de ojos.

Salió al exterior, por fin, y la bocanada de aire fresco le hizo sentirse mejor, próximo a conseguirlo. Ya no tenía ninguna frontera. Dependía de sí mismo y de sus piernas.

Poli echó a correr en línea recta, hacia el aparcamiento.

81 (19 HORAS, 19 MINUTOS)

Lorenzo Roca detuvo el ronroneo del motor del coche al cerrar el contacto. Su gesto inmediato, estirando los brazos como si hubiera conducido un millar de kilómetros, provocó la curiosa atención de su superior.

–¡Bueeeno! –suspiró Roca alargando la e con resignada paciencia.

–¿No te gusta conducir?

–Sí, claro.

–¿Entonces?

–Me preparo para lo peor: pasar aquí un buen rato –miró la discoteca–. Nos van a tomar por dos guarros mirando a esas crías y críos... –dejó de hablar en seco. Sus ojos se dilataron por la sorpresa mientras recuperaba de nuevo el habla para gritar–: ¡Jefe!

Vicente Espinós ya lo había visto.

Poli García, el Mosca, corriendo en dirección al aparcamiento en el que estaban ellos, aunque no en línea recta. Acababa de sacarse algo del bolsillo, sin dejar de correr y correr.

Y detrás, un grupo de chicos, tres muchachos y una muchacha, también distanciados entre sí, aunque no tanto como lo estaban de él.

Le fue fácil reconocerlos.

–¡Vamos! –ordenó saliendo del coche.

82 (19 HORAS, 20 MINUTOS)

He de intentarlo.

Pero ¿por qué me cuesta tanto?

Debería de ser fácil, ¿no? Es solo volver atrás, aunque duela. Bajar y meterme de nuevo en mi cuerpo.

Intentarlo, intentarlo.

¿No puedo?

La paz es la muerte. La reina negra me abate. El rey negro acecha. El dolor es la vida. Mi caballo blanco, mis alfiles, mis torres, mis peones me llevan al jaque mate. Oscuridad y luz. Pero me siento atrapada, paralizada. ¿Es eso? ¿Mi alma está tan quieta como mi cuerpo en esa cama?

Este silencio...

Si me dejo llevar, volando hacia la oscuridad, todo habrá acabado. Todo.

Pero no quiero rendirme, ¡no quiero!

Papá, mamá, Norma, Loreto, Eloy...

Vamos, ¡vamos!

Lo estoy intentando.

¿Alguien puede oírme?

¡Lo estoy intentando!

83 (19 HORAS, 21 MINUTOS)

Loreto abrió la puerta de su casa. No tuvo que llamar. Su madre apareció al momento, saliendo de la sala.

–¿Cómo está Luciana?

–Quiere vivir –dijo suavemente ella.

–Pero... –la mujer pareció no entender el significado de sus palabras.

–Mamá.

La abrazó con fuerza, a pesar de su debilidad. Detrás de las dos apareció su padre. Tampoco él pareció entender qué sucedía.

–Loreto, ¿qué te pasa? –quiso saber su madre.

–Estoy enferma, mamá, pero quiero curarme.

Era la primera vez que lo decía en voz alta. Los psiquiatras se lo habían dicho decenas de veces: todo terminaba con la aceptación de la enfermedad por su parte. Ese era el primer paso.

–Loreto...

–Yo también quiero vivir –suspiró su hija–. Ayudadme, por favor.

Continuaban abrazadas, así que la mujer no pudo ver su cara, inundada de dolorosa pero firme paz. Su padre, en cambio, sí la vio. Él las abrazó a las dos.

Entonces Loreto cerró los ojos, y su mente volvió junto a Luciana.

Libre.

Su voz seguía allí.

84 (19 HORAS, 21 MINUTOS)

Eloy era el que más cerca estaba de él, pero, pese a todo, la distancia no disminuía, y cuanto más ansiaba cogerle, más sentía el peso de todas sus emociones lastrándole.

Era un buen corredor, y sin embargo...

El camello alcanzó la zona del aparcamiento. Empezó a poner obstáculos entre él y ellos.

–¡Vamos, Eloy, vamos! –oyó la voz de Máximo a su lado.

85 (19 HORAS, 21 MINUTOS)

Máximo veía correr al camello delante de él, pero también le oía.

Su voz, la pasada noche.

–Toma, chico; con esto, Disneylandia.

–Prefiero algo un poco más emocionante.

–Lo que tú quieras, hombre. Todo está en tu mente. Disfruta.

–¿Por doce euros?

–La llave del paraíso no siempre tiene por qué costar demasiado.

La llave del paraíso.

Cuando Eloy hubiera conseguido aquella pastilla, ¡con qué gusto le rompería el alma a aquel hijo de mala madre!

Si lo cogían.

El camello daba la impresión de volar por entre los coches.

86 (19 HORAS, 21 MINUTOS)

A Santi le dolía el brazo, contusionado por la caída, pero trataba de no perder la estela de la persecución. Había sido un idiota. Dejarse sorprender de aquella forma...

Miró hacia atrás. Cinta era la última, pero no podía esperarla.

–¡Corre! ¡Corre! –le dijo ella.

Corrió.

Estaban solos en el mundo.

Muy solos.

87 (19 HORAS, 21 MINUTOS)

Cinta sabía que no tenía la menor posibilidad. Nunca había sido buena en eso de moverse rápido. Pero confiaba en ellos, en los tres, sobre todo en la rabia de Eloy.

A los veinte metros se habría rendido, de no ser por Luciana.

Era por ella.

La última oportunidad.

Por ella y para liberarse a sí mismos.

88 (19 HORAS, 22 MINUTOS)

Mariano Zapata colgó el teléfono y se quedó unos segundos en suspenso.

Pensó en aquella pobre chica.

¿Habría preferido que le dijeran que estaba bien, que había salido del coma?

¿Corazón de oro?

Bien, ya no importaba. Tenía su gran exclusiva y su portada.

Si las cosas eran así, así es como eran. Y punto.

–¡Adelante! –ordenó–. ¡Todo sigue igual!

Después concluyó su trabajo echándose para atrás en su silla, con los brazos debajo de la nuca, y cerró los ojos, mucho más tranquilo.

89 (19 HORAS, 22 MINUTOS)

Los ojos.

Quiero abrirlos.

Y no puedo.

Siento una voz, en alguna parte, pero no la distingo, ni sé lo que me está diciendo. Es como la suma de muchas voces, de muchos sentimientos. Me llaman, me llaman.

Sigo intentándolo.

A un paso de la rendición, de decir adiós, pero sigo, sigo intentándolo.

Necesito tan solo hacer el último movimiento.

Parece tan fácil...

90 (19 HORAS, 23 MINUTOS)

Eloy se sorprendió al ver cómo el camello, de pronto, parecía detenerse en una fracción de segundo, justo para cambiar el rumbo, casi de forma fulminante, saliendo de estampida hacia la izquierda.

A su derecha vio a dos hombres, también corriendo hacia el fugitivo.

–¡Alto, Mosca! –gritó uno de ellos.

–¡Quieto! –ordenó el otro.

No tenía ni idea de quiénes eran, pero desde luego iban tras su perseguido igualmente. No perdió tiempo en dudas o vacilaciones. La ventaja se decantaba de su lado.

–¡Es la policía! –oyó gritar a Máximo–. ¡Ya es nuestro!

Corrían codo con codo, a la par. Máximo se desvió un poco para sortear un automóvil. Eloy no. De un salto se subió a su capó, y de él pasó a otro vehículo, como si acabase de encontrar un atajo aéreo.

–¡Mosca, maldita sea! –volvió a oírse la voz de uno de los policías.

Eloy saltó a un tercer coche.

El camello ya no estaba a más de diez metros.

Aunque iba a salir de entre los vehículos aparcados, para volver a correr en línea recta.

Hizo un último esfuerzo. Ahora él iba en cabeza. Un último esfuerzo por Luciana, por su vida. El amor, tanto como el odio, puso las definitivas alas a sus pies.

Su perseguido giró la cabeza, como si percibiera su aliento.

Y entonces...

El camello resbaló, pisó algo, o fue su propia velocidad. Fuera como fuese, sus piernas salieron disparadas hacia arriba, mientras el resto de su cuerpo se le quedaba atrás.

Manoteó en el aire, sorprendido, un breve instante.

Después cayó al suelo, de nuca.

El grito de victoria de Eloy se confundió con el sordo ruido del cráneo humano astillándose, lo mismo que una cáscara de huevo vacía. Fue audible desde la distancia.

El camello rebotó junto a una acera.

Llevaba algo en la mano.

Un paquete pequeño que a duras penas, casi por instinto, consiguió echar por el agujero de la alcantarilla que quedaba allí, a su alcance, antes de quedarse definitivamente quieto.

–¡No! –aulló Eloy, comprendiendo de qué se trataba.

91 (19 HORAS, 24 MINUTOS)

Fue el primero en llegar, pero no se ocupó del caído, ni de la mancha de sangre que iba formándose bajo su cabeza. Se abalanzó sobre el agujero de la alcantarilla, como si quisiera meterse por él.

El ruido del agua corriendo por abajo le golpeó los sentidos como un puñetazo en la conciencia.

–No... –volvió a decir, envolviendo su expresión en un gemido de desaliento.

Máximo se arrodilló al lado del camello.

Santi llegaba ya, lo mismo que los dos hombres por el otro lado. Cinta aún estaba lejos.

–Está... muerto –dijo Máximo.

Eloy se incorporó, pero solo para quedar sentado en el bordillo. Desde allí miró el cadáver con su odio final.

No tenía que registrarle para saber que ya no llevaba ninguna pastilla encima.

92 (19 HORAS, 25 MINUTOS)

Mis peones acosan. El fin está cerca. Jaque.
Una jugada más y...
Jaque mate.
Quiero vivir.

93 (19 HORAS, 25 MINUTOS)

Vicente Espinós y Lorenzo Roca llegaron junto al cuerpo de Poli García jadeando, más el primero que el segundo. Fue este último el que se inclinó sobre el cadáver para ponerle los dedos índice y medio de su mano derecha en el cuello.

–Muerto –dijo rotundo.

El inspector miró directamente a los tres muchachos. Cinta se acercaba ya más despacio, muy lentamente, con los ojos muy abiertos ante la escena.

También Máximo miró al policía.

–Nosotros... –intentó decir.

–Ya no importa –le detuvo Espinós–. Tranquilos.

Lorenzo Roca registraba al camello. De uno de los bolsillos de la chaqueta sacó un montón de dinero. Del otro, un simple papel, el tique de una consumición cualquiera en un bar cualquiera.

–No lleva pastillas, jefe –dijo Roca–. Está limpio.

–Las arrojó a la alcantarilla –dijo Eloy con un hilo de voz–. Fue lo último que hizo antes de morir.

La sangre, buscando cauces en el suelo por los que fluir, también se dirigía ya con espesa paciencia hacia la misma alcantarilla.

Cinta llegó al lado de Santi. Se le colgó del brazo tan agotada como asustada.

Vicente Espinós cogió el dinero que llevaba encima el Mosca. Lorenzo Roca se quedó con el pequeño tique blanco en la mano.

–Bar Restaurante La Perla –leyó en voz alta.

Su superior le miró inquisitivamente.

–¿De cuándo es ese tique? –preguntó.

–Lleva fecha de hoy.

Espinós arqueó las cejas.

–Hace tiempo que sabemos que es la tapadera de Álex Castro y su gente, pero nunca le hemos pillado nada –comentó–. Hasta hoy.

–¿Cree que habrá suerte? –preguntó Roca.

El inspector de policía asintió con la cabeza un par de veces, pensativo. Empezó a sonreír.

–Sí, creo que sí –dijo.

Las lunas eran nuevas, tenían que estar en alguna parte. Tal vez...

Se arremolinaba gente en torno a ellos. Incluso se escuchó una sirena policial.

–Llama al departamento, Roca –se puso en marcha Vicente Espinós–. Vamos a por Castro.

–Sí, jefe.

–Y vosotros, idos a casa, ¿de acuerdo? –les ordenó a ellos.

Eloy, Máximo, Cinta y Santi le obedecieron.

–Señor... –trató de hablar Eloy.

–Sé lo que buscabais y por qué, chicos. No os preocupéis. Ahora marchaos.

94 (19 HORAS, 27 MINUTOS)

No dieron más allá de una docena de pasos. Los suficientes para salir del círculo de los curiosos, que miraban hechizados el cuerpo roto del camello.

Sentían su derrota, aunque no los cuatro.

Los ojos de Cinta brillaban.

Pero ya no de miedo o a causa del impacto por lo sucedido.

–¿Qué hacemos? –rompió el silencio Máximo.

–Yo voy a hospital –dijo Eloy.

Ya no necesitaba correr, ni huir de nada, ni perseguir ninguna utopía. Solo volver.

–Vamos todos –dijo Cinta.

Notaron su tono y, al mirarla, se dieron cuenta de su sonrisa de esperanza. No la entendieron hasta que ella extendió su mano derecha, abierta, mostrándoles algo.

–Debió de caérsele al correr –fue su único comentario.

En la palma de la mano había una pastilla blanca, con una media luna en relieve impresa en su superficie.

95 (19 HORAS, 29 MINUTOS)

Al salir del túnel, a medida que se reencontraba con el dolor, pero también con la luz, Luciana abrió los ojos.

Una vez.

Parpadeó.

Dos veces.

Se encontró con su hermana Norma, que la miraba de cerca, boquiabierta.

Luciana esbozó una tímida sonrisa.

Y la acentuó ante la reacción impulsiva y excitada de Norma.

–¡Papá! ¡Mamá!

Cerró los ojos por última vez, solo para ver cómo la reina negra se alejaba vencida por un recodo del camino llevándose a su derrotado rey, y convencerse a sí misma de que había vuelto. Y de que había ganado. Después los abrió, dispuesta a mantenerlos así.

Vio a sus padres y a su hermana, rodeándola.

Estaba viva.

Toda esa gente solitaria,
¿de dónde ha salido?
Toda esa gente solitaria,
¿adónde pertenece?

Eleanor Rigby
PAUL MCCARTNEY

AGRADECIMIENTOS

En noviembre de 1995, una muchacha británica de dieciocho años, Leah Betts, murió después de cinco días en coma por haber tomado una pastilla de éxtasis el día de su cumpleaños. Sus padres autorizaron que la dramática fotografía de su hija hospitalizada fuera publicada por la prensa y sirviera de aviso a todos aquellos que cada fin de semana tomaban pastillas. La imagen de Leah dio la vuelta al mundo. Sus padres donaron posteriormente los órganos de su hija muerta; el hígado de Leah fue trasplantado a una muchacha española.

Cada año mueren en el mundo decenas de adolescentes por el consumo de las llamadas «drogas de diseño», aparente y falsamente inofensivas. Muchos más sufren comas, alteraciones de personalidad, esquizofrenias, depresiones y un sinnúmero de enfermedades psíquicas y físicas. Y es solo el comienzo. Nadie sabe a ciencia cierta qué pasará dentro de unos años, cuando los adictos de hoy lleguen a sus puntos críticos y los del mañana sigan alimentando sus cuerpos con las nuevas químicas.

Quiero agradecer la ayuda prestada para la elaboración de este libro a Jaume Comas, Enrique y Laia Esteva, la Generalitat de Catalunya a través de la Conselleria de Sanitat, los archivos de *El Periódico* y *La Vanguardia*, así como a todos los que, de una forma u otra, han aportado sus testimonios al respecto; algunos de ellos, actuales «pastilleros» sin remedio, y otros, en fase de recuperación de sus adicciones.

Otra muchacha, Helen Cousins, que logró despertar después de dos meses en coma, dijo una frase que resume toda esta historia: «No bailéis con la muerte».

Este libro fue escrito en Isla Margarita (Venezuela) y Vallirana (Barcelona) entre los meses de mayo y junio de 1996.